“广告是不期而遇的事物。
我不仅想呈现出商品的真实形象，
还希望能够留下其他绝妙出色、对大家有益的事物。”

三得利咖啡“BOSS Silky Black” TV-CM（2012）三得利

以“音乐”（管弦乐团）表现享用“BOSS Silky Black”的时间。
这是广告系列第 7 弹。独具个性的表演者演奏一首乐曲，
创造出令人惊喜欢愉的和谐旋律，通过梦幻风格的影像展现在屏幕上。

“在人们往来交错的这座消费空间——超市当中，
我觉得更适合运用梦幻风格加以表现。”

Mr.Children 专辑 *SUPERMARKET FANTASY*（2008）
OORONG-SHA/TOY'S FACTORY
接到专辑封面的委托时，专辑名称尚未决定。
可是，我相信歌曲当中一定满载歌手想要表达的信息，所以专辑歌曲我一听再听。
听歌的时候，我感受到想在日常生活当中追求奇迹的冲动。
我为简报取名为 *SUPERMARKET FANTASY*，结果直接采用为专辑的名称。

“编写故事，在故事当中写入信息传递给所有人，
如果加上歌曲和绘画，就一定能够打动人心。”

松任谷由实 专辑 *POP CLASSICO*（2013）环球音乐

认识松任谷由实之后，我重新找到自己的创作根源。
松任谷由实告诉我“令人怀念的未来”，成为这件作品诞生的关键句。

“日常当中的偶然能够产生奇迹。

平凡无奇的日常信息，有时候能够改变人生。”

Mr. Children “1992—1995” “1996—2000” 报纸广告《水滴》(2001)

OORONG-SHA/TOY’S FACTORY

当我正在寻找专属报纸广告的创意时，

偶然见到父亲滴在报纸上的饮料痕迹，而得到这个灵感。

任职博报堂期间，我第一次制作的报纸广告。

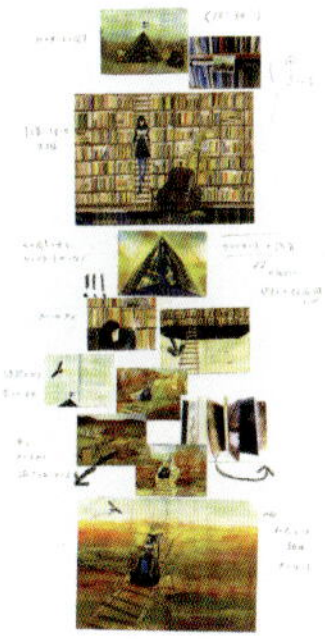

“我很重视亲手描绘。
亲手画下的草图，能够传达质感，
甚至是气味给参与制作的人，还能够共享想法。”

《组曲 2013 Autumn & Winter》TV-CM（2012—2013）ONWARD 樫山

回到“画图”的原点，在图中呈现出“世界”，再转换拍摄成影像的 CM。
从照片可看出拍摄完成的影像，非常忠于原画。

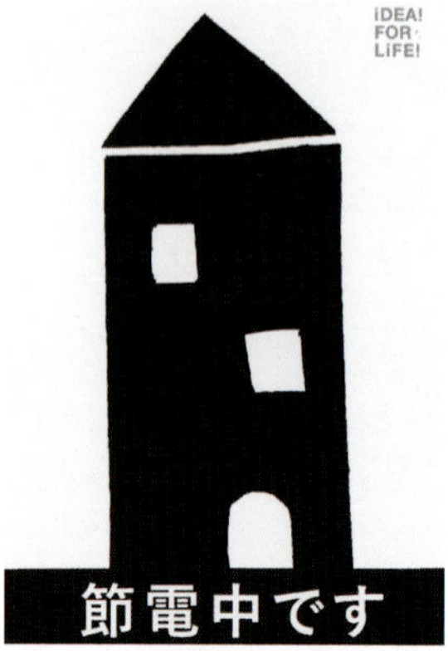

“第一次感受到提供给人们真正需要的，
第一次感受到信息能够真正传递到位。”

“Pray for Japan”“目前节约用电中”（2011）

在“3 · 11 东日本大地震”之后，
设计出全世界各地都能够自行下载、印刷、使用的“Pray for Japan”标志，
以及能够贴在首都圈的店面或企业的“目前节约用电中”标识。
实际使用的人确实非常多，让我再一次意识到创作的重要性。

"我了解'任何时间，任何状况，
自己都想继续创作链接人和人之间的作品'。"

"歌唱接力" TV-CM（2011）三得利

在东日本大地震发生之后，因为媒体纷纷自制，CM 从电视屏幕上消失，
为了节约用电，也自动取消现场表演，大街小巷听不到任何音乐。
在这样的状况当中，我促成三得利旗下签约的 71 位艺人录制"歌唱接力"，
唱出《昂首向前走》和《昂首望夜空的星星》这两首歌曲。

“当我看到这张照片，照片中拍摄到不知名人士在冲绳的防波堤上作画题诗。
我体会到在平凡无奇的景色当中，总是存在着歌曲。”

《8 月的麒麟》海报 / 商品包装（2003）麒麟啤酒

“广告的委托制作，第一步就是了解‘广告的心情’。
如何感受客户所拥有的印象，并设法加以运用，非常重要。”

Mr. Children "1992—1995" "1996—2000" 海报《防波堤》(2001)
OORONG-SHA/TOY'S FACTORY
"我想和作画的人一起描绘歌词"，所以拍摄场所选在冲绳。

《8 月的麒麟》短片(2003)麒麟啤酒
接下夏天限定的发泡酒包装工作时，我首先感受到微风吹过的印象。
完成作品也确实呈现出"风"的感觉以及"心情"。《8 月的麒麟》不仅有包装和电视广告，后来还发展出故事，将之编辑成书，推出所用音乐的 CD 专辑，还举办了展览。

害羞怕生的幼年时期（1978）

和祖父摄于裁缝工房（1980）

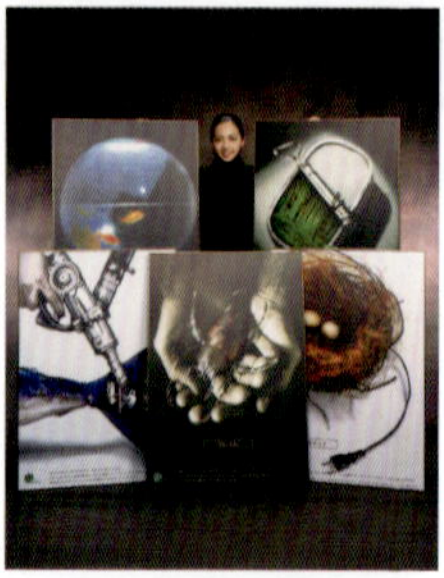

20 岁成人礼的照片（1997）

毕业制作《线条机器》（*Line Machine*）（1999）

任何时候都全力支持我的父亲（2003）

祖母在教堂的受洗仪式（2006）

通过冲浪，和水融为一体（2012）

亲自上阵演出“无反光镜相机 EOS M bay blue” TV-CM（2013）佳能

同结新缘的结婚典礼（2014）

“所有的相遇都不是单纯的相遇，
而是一个又一个的奇迹，就是‘御缘’。”

“goen° 标志”与“goen° 硬币”（2007— ）

2007 年，融合 goen°的概念“借着相遇，实现梦想，为人搭起沟通的桥梁”，
我打造出有人、大自然、五感、乐器、动物、食物、物品的圆形标志，
并加入春夏秋冬各种场景，运用曼陀罗的风格绘制出下方的“goen° 标志”。
我们会将图中的“goen° 硬币”亲手送给第一次见面的人，以表达“珍惜因偶然产生的必然缘分”。

“当祖母和所有家人齐聚时，
我领悟到如果缺少现场的任何一个人，就不会有我的存在。”

Mr.Children 专辑 *HOME*（2007）OORONG-SHA/TOY'S FACTORY
第一次为 Mr. Children 设计的专辑封面。
根据主唱樱井和寿的话“人体结构的七成是水”，尝试了各种设计。
我参加祖母在教堂的受洗仪式，和家人、亲戚一起观礼。
因而想出以“HOME”的概念打造出“存在于此”的主题。

“‘画图’，可以为环境注入画图氛围，
选色和完成速度也会越来越快。”

“报纸日记”（2011— ）

一天的最后功课是“报纸日记”。
这是为了真正想要作画时的能力锻炼，
“就像是为了下一场比赛，运动选手的暖身运动”。
拼贴当天的票券和感兴趣的事物，忠实画下当时的心情。

“我想要提出附近居民和动物园能够沟通联结的新活动方式。”

《动物 goen°》(2009 —) 到津之森公园

我对北九州岛市公园的到津之森公园的理念“打造有利自然、动物、人类的设施”，深有同感，于是产生了“动物 goen°”的企划想法。

“工作坊是诱发人类向前迈进的隐形力量，设计并建构人类的想象力。”

coen° 工作坊 (2008 —)

每个月举办以儿童为对象的 coen°。大家共同思考“要做什么”，然后再一起动手做。

“相较眼前看得见的部分，前面各个阶段的环境更为重要。”

三菱地所《想象力会议》篇 TV-CM (2008)

我不仅制作广告，也参与从内部改变人的想法、公司体制等部分。这支广告聚集了一群能创造未来的小朋友开工作坊，当时三菱地所的社长和各位员工也通过各种安排共同参与进来，“大人也一起开始想象未来”。

“所有作品的诞生都和生长的环境息息相关。
心中的前世可能都会影响手工打造、描绘、书写的作品。
所以，我希望能够打造健全的土壤，好好培育。”

“母亲节‘goen° plant planet’”（2015）三越伊势丹
我以上方的图中场景描绘出母亲自编的许多床边故事。
如果母亲是一棵大树，那些故事就是茂密的枝叶。
在这项企划中，故事中的人物变成种种商品，于伊势丹新宿店各楼层出售。

“排列各式各样的物品之后，
发现这些都是‘打造出我的果实，我打造出的果实’。”

“en° 树木果实”（2012）

在外苑前的“On Sundays”举办个展。

展出各式各样的物品，有信件、画作、企划书、原画、随手涂鸦、捡拾来的物品等。

森本千绘的创意诞生实录

森本千绘 著 蔡青雯 译

SPM 南方传媒 | 岭南美术出版社

中国·广州

图书在版编目（CIP）数据

森本千绘的创意诞生实录 /（日）森本千绘著；蔡青雯译. — 广州：岭南美术出版社，2022.7
ISBN 978-7-5362-7471-6

Ⅰ. ①森… Ⅱ. ①森…②蔡… Ⅲ. ①纪实文学－日本－现代 Ⅳ. ①I313.55

中国版本图书馆CIP数据核字（2022）第042797号

出 版 人：刘子如
责任编辑：刘 音 凌 寒
责任技编：谢 芸

森本千绘的创意诞生实录
SENBENQIANHUI DE CHUANGYI DANSHENG SHILU

出版、总发行：岭南美术出版社 （网址：www.lnysw.net）
（广州市天河区海安路19号14楼 邮编：510627）
经 销：全国新华书店
印 刷：深圳市国际彩印有限公司
版 次：2022年7月第1版
2022年7月第1次印刷
开 本：787mm×1092mm 1/32
印 张：7.5
字 数：116千字
印 数：1—4500册
ISBN 978-7-5362-7471-6

定 价：99.00元

前言

はじまりのことば

重要的事物总是化为色彩或音乐

大切なことはいつも色や音楽に変えて

常有学生提问 :“如何才能够成为艺术总监或是创意总监呢? ”每当碰到这类询问时，我总是思考究竟什么是艺术总监或创意总监。

飞行员或护士是专业职称。可是不管是艺术总监还是创意总监，都不是取得资格认证才能获得的头衔。在儿童当中就可以找到绝不输大人、出色的创意总监；许多儿童在玩耍时或在学校课业当中，就已经在执行监制的工作。因此，我认为两者并非是成长到某一阶段之后所从事的职业，而是在成长过程里扮演的角色。

身为艺术总监、创意总监，自己参与过许多不同的工作。例如，三得利咖啡的“BOSS Silky Black”（见卷首插图页Ⅰ)，佳能“无反光镜相机 EOS M bay blue”（见卷首插图页Ⅹ）的电视广告影片，Mr. Children 的广告和CD（激光唱盘）专辑封面的艺术监制（见卷首插图页II、IV、VIII、IX、XII)，NHK晨间连续剧《幸福铁板烧》的片头影像制作，最近则担任松任谷由实专辑 *POP CLASSICO*

的艺术总监（见卷首插图页III），以及负责三谷幸喜监制的舞台剧《声》的美术监制。我还主持过个人的广播节目，可以说是游走在各种媒体和领域之间，自己都不知道如何简明地解释自己的工作。虽然我的工作都和艺术总监、创意总监相关，然而每次必须达成的结果都各有不同，所以绝对无法以一招走遍天下。

然而，这些工作的共通之处在于如何将他人的想法化为具体的传递方式。此外，我的表现形式总是伴随着音乐和颜色。这种方式源于我孩提时期的体验。

小学时，我经常绘制贺卡送人，自己编歌、策划游园会、制作集训手册、布置教室等，其实和现在的工作大同小异。但是，追根究底，最原始的体验是来自和祖父一同生活的岁月。

由于双亲繁忙，所以我从小就被寄养在青森县的祖父祖母家，那儿是贴近丰饶的大自然的地区。对我而言，祖父就好像卓别林（Charles Chaplin），无论我遭遇哪种挫折失败，悲伤哭泣，他从来不动怒责怪我的软弱，只是教我认识颜色、教我唱歌。

话说，小的时候，我经常尿裤子，迟迟无法脱离尿布生活，但是祖父从来不斥责我。有一天，祖父冒着风雪骑着自行车出门。过了不久，返家的祖父在我面前展示了七条不同颜色的内裤。七彩可爱的内裤，漂亮极了，我一心只想赶快穿上，所以再三向祖父保证绝对不再尿裤子。果然，从那天之后，我再也不尿裤子了。

热爱音乐的祖父，教我唱好多歌曲。我第一首学会的歌曲是《你是我的阳光》(*You Are My Sunshine*)。祖父一边教我唱歌，一边教我认识英文单词，等我学会之后，我总爱和祖父合唱这首歌。只要唱起这首歌，我总是心情愉悦。有一天，我为最喜爱的洋娃娃被另一个小孩抢走伤心地大哭，祖父来到我的身边，唱起《你是我的阳光》，听着听着，我忘记了刚才的不愉快，开心地笑着与祖父合唱。

重要的事物总能够转换成为颜色或歌曲，传递情感，感动人心。

和祖父一起生活的日子，我学会了这些事情。

我想这些就是我的创意表现方式的原点。

广告是传达“物质本质”，打动人心

広告とは「ものの本質」を「人の心」に伝えること

2007年，我离开博报堂广告公司，成立了自己的设计事务所“goen°”。“设计广告”是接受他人委托，针对消费性商品，从创意人的观点出发，寻找自己发现的答案，再设法呈现。在这些过程当中，我最重视的“设计真正价值”，在于如何汲取当事者的想法，细心筛选出商品的本质和普遍性，进而将本质化为实际形式，深达人心。承接他人的想法，再设法打造，进而打动人心，并非易事，所以更需要切实面对各项作业。如此一来，才能为收看广告的观众和广告制作委托人带来不断的惊喜，并确信自己能够制作出感动和感染人心的广告作品。

对我而言，广告是“连接人心的沟通方式”。因此，对于所有工作，我都秉持着问心无愧的精神，为双方搭建沟通的桥梁，交流想法，发掘所长并加以宣扬。

工作经验累积越多，这种想法随之扩张增强。我唯有期许自己更尽心努力，用心满足所有需求。

使用他人的方法论，则无法打造原创
他人の方法論でオリジナルはつくれないから

在本书中，我将叙述自己的工作经验，其中包含我奉行不渝的原则，或是工作的方法论。然而，我并非撰写具体的方法论，例如“这样做就能够成为总监”，或是“这样做就会获得成功”；而是通过感觉、心情、意识等有点特殊的方法论。

但是，这些都是我个人对广告或设计的看法。如果各位照本宣科，恐怕就只是模仿，无法自创。因为，一直以来，我的作品都是希望能够感动人心，或是希望鼓舞人们能起身行动起来，搭起人与人之间的桥梁，寻找潜藏在各个角落的各种可能性。

我的方法论是希望能够触动各位的五官意识，解放习惯因循方法论的行动模式，进而解放心灵，自由畅想，找到属于自己的原创。

目录

目次

1. 所有的创作都是始于缘分

すべてのものづくりはご縁からはじまる

在日常生活中，随处有趣味
日常にはおもしろいことがたくさん転がっている

我的事务所名称“goen°”，源自日文“御缘”的发音（见卷首插图页XI）。首先，请容我从头细说名称的由来。

在博报堂任职期间，我曾经参与“HAPPY NEWS”的宣传活动。最初只是针对“读报日”（译注：4月6日，日文的“4”“6”发音合起来与“阅读”同音。）的宣传活动企划进行提案，日本报业协会认为“时下的年轻人都不看报纸了，所以请我协助设计报纸广告，以便鼓励阅报”。当下，我觉得这项委托简直是强人所难，因为即使在报纸上刊登广告，从不看报的人根本看不到这则广告啊。所以，我认为不应该在报纸上刊登广告，而是让这则广告脱离报纸，在报纸以外的世界展翅遨游。这个想法启动了“HAPPY NEWS”的开端。

报纸上的报道似乎都千篇一律，其实仔细阅读之后，会在不经意处发现许多有趣的小报道。

报纸不是只有凄风苦雨的报道，也不是只有艰涩难懂的文章；其实在日常生活当中，随处都有鼓舞人心的消息，如果阅读报纸时，能够抱着这种心情，应该会觉得这个世界真是既有趣又可爱。

为了落实想法，我集合了多位大学生，合力从报纸上寻找“HAPPY NEWS”，剪下并过塑，制作成简报数据，向日本报业协会提案。

“人的想法”有时候超过广告
「人の想い」は、時に広告以上のものへ

向客户展示简报时，我铆足全力，当天为了向客户呈现“顶级的简报飨宴”，我身穿自己印制的“HAPPY NEWS”T恤，将“HAPPY NEWS”简报卷成纸卷，和气球一起放入篮子当中。这身简报打扮，简直就像童话人物小红帽。

可是，会议室坐满了西装笔挺、正经八百的叔伯辈人物，我的打扮过于抢眼突兀，反而难以传达我的真意。果然不出所料，评审认为“这身打扮应该无助于报纸销售”，所以该年“HAPPY NEWS”的企划未能获得青睐。

即使如此，我仍然认为如果日本报业协会能够采用

这种方式，慢慢地向世人传递这个想法，一定能够有所改变。一年之后，日本报业协会主动联络我，表示“在简报结束之后，经过一番深思熟虑，我们决定放手一搏，盛大举办”。

2004年，日本报业协会公开向全国征求“HAPPY NEWS”，决定从当年投稿的报道当中，选出“HAPPY NEWS大奖”，并公开颁奖。

获选为第一届“HAPPY NEWS大奖”是冲绳县波照间岛的报道。

这座小岛鲜少发生犯罪案件。有一天，岛内居民的钱包遭窃，岛上警察认为“本岛绝对不会有人偷窃钱包，犯罪嫌疑人一定是乌鸦”。于是他摆放乌鸦爱吃的菠萝面包，结果，菠萝面包消失了，却出现了失窃的钱包。这真是一则相信人性、温暖人心的报道。

这项募集活动获得媒体的争相报道，新闻或谈话节目也播出了颁奖典礼。结果，宣传效果远远超越了报纸广告或15秒的电视广告。

“HAPPY NEWS”是企业出资委托的工作。然而，却是一项运用媒体，经过时间酝酿，逐渐改变社会宣传效果的活动。直到现在，我仍然担任每年的评审；而且，因为是全国性的征稿活动，汇集了大众的梦想和心意，更能有效地普及扩散。我参与过许多博报堂的工作，然而“HAPPY NEWS”案例却是前所未有、无可比拟的。因为“HAPPY NEWS”案例，我知道了“缘分”（goen）的真义。

在现场希望有哪些偶遇
現場でどんなことに出会いたいか

“HAPPY NEWS大奖”后来持续举办，每年都出书，直到2013年。我则是到2006年为止，每年都参与此项目的书籍装帧设计。

2006年“HAPPY NEWS大奖”是金泽地方报纸的报道。糖果杂货铺的老婆婆行动不方便，邻居的中学男生虽然不是她的家人，却每天帮老婆婆倒垃圾。这则新闻读来令人倍感温馨。当年的图书封面，我打算刊登两位主角的照片，于是偕同摄影师池田晶纪一起去了金泽。

执行企划时，我总是挑选能够催生化学作用的合作伙伴，因为世界上没有所谓的正确表现方式，反而经常取决于当时现场参与人士的突发奇想。摄影师当然精于拍摄，画家当然擅长画图，但是执行企划并非只要是专家就行，而需要发挥若干工作的调剂作用。我珍惜当时在现场相遇的任何人、事、物。因此，当我必须亲赴现场时，同行的伙伴也很关键。

“工作就是旅行”。客户委任工作，表示自己将和他人携手合作，获得“出游”的许可。因此，无论工作性质如何，每次接到委托时，我的心情总是雀跃不已。如果还能觅得投缘的工作伙伴，更会令我乐不可支。

这次的伙伴是池田弟。池田弟总是笑容满面，他能够化解大家初次见面的生涩，令人不知不觉地敞开心扉。“HAPPY NEWS”是交织着的各种小幸福，在报纸不起眼的一角慢慢绽放花朵，所以我需要池田弟的笑颜。

抵达金泽后，我们先拜访了中学男生的家。进入屋内，首先映入眼帘的是来自全国各地民众的信件，以及民众自选“HAPPY NEWS”所装订而成的小册子。我想这些民众一定是想和这位中学男生分享“HAPPY NEWS”。这项活动竟然能产生如此鼓舞人心的连锁反应，我真是感动万分。而且在池田弟友善可亲的笑脸下，中学男生的母亲道出了不少故事，例如她如何教养出如此贴心的孩子等；到了后来，我们简直像是来到亲戚家玩耍一般，毫不拘束地在客厅活动，还厚脸皮地一起用餐，度过了温暖愉快的时光。

一点一滴，都是奇迹累积
ひとつひとつが奇跡の積み重ね

然后，我们转往拜访糖果杂货铺的老婆婆，和她天南地北地聊天话家常。老婆婆万万没想到关于自己的报道竟然造成了新闻话题。

老婆婆表示："我什么也没有做啊，就是邻居中学男生帮忙倒垃圾而已嘛。竟然上报，还有电视报道。结果，那些小时候常来店里光顾的孩子，都纷纷前来问好。我只是每天坐着看店而已。世间竟然有这种事啊。"

然后，老婆婆问我："你是做什么的呢？"

我解释道："美术大学毕业之后，我从事设计工作和企划构思，例如'HAPPY NEWS'，设法落实每个人的想法，并加以传递。"

老婆婆接着说："原来你的工作是帮人结缘啊。"

我本来就喜欢"缘分"一词。然而，我从来没有想过在设计工作中，竟然能够听到日本人独特的表现方式——"缘分"一词。

这项企划最初的简报并未获得认可，日本报业协会迟疑了一年才开始进行。不过，随着企划的进展，我还多次来到金泽等地。这些后续发展，促使我发现冥冥之中似乎有股不知名的力量，引领着我向前迈进。

不仅是这项企划，所有我曾参与过的工作，我发现都潜藏着这股不知名的力量。所有事物不仅是单纯的相遇，而且是一项又一项的奇迹。

我感动莫名，当场哭得像个泪人儿。池田弟见状，立刻说道："这就是青春啊！"然后我们二人前往海边，对着大海高喊："我就是这么傻！"还自编了《缘分》一曲。

那时，我暗自决定，如果有朝一日能够独立创业，公司名称就使用"缘分"一词。

聆听乐曲，直到渗入全身细胞

身体に染み渡るまで音源を聴き込む

在进行“HAPPY NEWS”的同一时期，我也承接了Mr. Children专辑*HOME*的封面（见卷首插图页XII）制作。以往，我都是负责制作Mr. Children的广告，这是第一次参与制作专辑封面。

而且，唱片公司的负责窗口告知，专辑名称是简单的“HOME”一词；然后主唱樱井和寿的来信，内容仅是短短的一行字——“人体结构的七成是水，这理所当然的常识众所皆知。”然后，他再托人转达：“这张专辑就是这种感觉，所以请设计这种感觉的封面。”

接下委托之后，我反复思考*HOME*的封面。当我参与音乐专辑封面的设计时，我会不厌其烦地反复聆听乐曲，让曲调渗入我的每寸肌肤，进而忘记这是客户委托的工作。曲调会萦绕盘旋在每日的生活当中，不知不觉地影响自己的步调和思虑。如此一来，体内就会自然而然地诞生灵感，酝酿成形。

这次，我当然也依样画葫芦。不过，因为是第一次为

Mr. Children设计封面，现在回想当时，觉得自己似乎过于使劲，竟然提出了十多个不同形式的“HOME”提案，例如折纸制作的家、俄罗斯娃娃等。可是，这些都是经由脑袋思考而成的提案，我总觉得还有更适合的方式。

成长过程就是灵感的来源

自分の生まれや育ちがアイデアのもとになる

当时，祖母患病住院，我利用工作空档前往横滨的医院探视。祖母是插花老师，非常注重花朵的色彩感受，喜欢蓝色、橙红色等淡色系，受到她的影响，我也特别喜爱这些颜色。

大家都知道医院用色单调乏味，祖母当然心中百般不悦。如果是单人病房，还能自己随兴布置；然而祖母与人同房，睡在硬邦邦的病床上，病床之间的区隔使用同色的垂帘，有时还必须面对同房病患难敌病魔而离开人世，导致心生自己就是死神下一目标的恐惧。种种情况实在令我难受。

我知道人终须一死，所以希望每个人长眠之前，活得自在快乐；即使到了最后一刻已经无法言语，身边仍能充满自己喜爱的颜色，内心仍能描绘自己喜好的物品。

刚好当时是年底，于是我在病房中挂上圣诞节装饰，以及倒数计时、迎接新年的月历。我心想如果衷心期待新年的到来，或许能够振奋心情，延年益寿。但是这项举动似乎违反了医院非单人病房的规则，不仅遭到医生斥责，还被强制拆除。

有一天，祖母突然提出要求，表示打算受洗，成为基督徒。我询问理由，祖母回答希望自己的告别式能够在教堂举行，教堂内装饰三色堇等鲜艳多彩的花朵。我充分理解祖母的心情，所以协请神父前来病房，为祖母讲道。在年关前某天祖母再向医院告假外出，前往教堂受洗。

受洗当天，祖母头戴新娘般的头纱，由于已经无法自己行走，她必须以轮椅代步；当我望着坐着轮椅、在儿子协助之下进入教堂的祖母，就像是再次披上婚纱、步上红毯的新娘（见卷首插图页X）。

我突然觉得人生到了最后一刻，其实是和天神结合，而我们即将目送祖母走上冥土之路。

在教堂里，祖母的兄弟和儿女分立两侧，如同家谱一般。如果这是一部描绘人生的戏剧或电影，这一天正是家族全员为了主角祖母齐聚一堂的终幕。在这样的场面中，我深深体会到家族之间相连的血脉，如果缺少任何一位家人，或许今天我就不存在于这个世上。我顿时领悟到自己身在此处、参与其中的就是“HOME”，这就是我左思右想，却未曾参透的理所当然之感——“人体结构的七成是水”。

我立刻想到专辑封面能够设计成家谱，而且拍摄地点不能是约定俗成的、理所当然的场所，而是一种无法以一己之力完成的地方，所以应该寻找无法独力站稳的地点。最后，我决定将拍摄地点设在水中，在游泳池当中拍摄成家谱。

祖母受洗仪式结束之后两天，就必须向Mr. Children成员进行简报。所以，前一天，我彻夜赶工制作家谱的企划书，连同之前制作的其他提案，一齐将报告发表。结果，Mr. Children全员异口同声地决定采用家谱提案。

我坚持拍摄对象必须选择真正的家族。可是，拍摄时间是12月底，日本正值严冬，无法在户外游泳池拍摄。于是我和摄影师泷本干也讨论，斟酌考虑其他条件，最后决定在夏威夷茂宜岛进行拍摄。而且，只有在日本新年期间的圣诞节，才有可能凑齐参与拍摄的各个家族。在协调各方人马的日程之后，定于正月初一出发，拍摄三四日，然后，初五回国。这种行程简直是体力大考验。

在出发前夕，祖母离开了人世。

犹豫迷惘时，选择“有希望的选项”
迷ったら、「希望のある方」を選ぶ

2007年1月1日，在出发前往夏威夷的飞机正要起飞的轰轰声中，我决定离开博报堂，独立创业。

HOME 专辑封面来自对所爱家人的想法。在企划的过程当中，我发现即使在博报堂任职，参与企业的各种大型计划，也无法为一般人的日常生活进行设计，例如把祖母养病的医院装饰得更为开放明亮。

我心想此时不独立创业，更待何时；事后回想，当时内心已经蓄势待发。如果以颜色比喻，就像是红绿灯的绿灯。从机舱内窗户俯瞰云层，形状漂亮多变，仿佛是一片蓝海世界。心中对于东家博报堂不存丝毫眷恋，也没有祖母过世的悲伤，反而是一片清明自在。

在飞机内，我想起制作“HAPPY NEWS”时，金泽老婆婆所说的话，决定将公司命名为“goen°”，并在专辑*HOME*发行之后的同年4月正式独立创业。

此后便有如神助，万事顺遂。同行的泷本摄影师当时也正逢事务所搬迁，早上才听他提起“事务所要搬到某某大楼的四楼”，我随口响应“我也在找寻适当的地点呢”。结果当晚，父亲熟识的房屋中介传真介绍中刚好就是泷本摄影师新事务所所在大楼的三楼。这些机缘巧合，更是让我深感箭在弦上，不得不发。

不仅是独立创业的时候，每当我下定决心时，总会出现各种机缘巧合，推波助澜。

这种无法以一己之力推动的事情，总能形成驱策激发的契机，个个都是难得的机缘。

这些推动前进的潮流通常突然涌现，所以在抉择时当然惶惶不安。

可是，我向来抱着既然势不可挡，唯有趁势而行的心态，尤其是遇到必须做出重大决定、遭逢巨大潮流时，我一定顺势而为，从此决不回头或放弃，一心向前迈进。

面对抉择，犹豫是否顺势而行时，我必定选择充满希望光明的一方。人生就是不断地抉择，工作也是同理。当设计出现两个方向时，我会挑选感觉明亮的一方，挑选基准并非是颜色漂亮，或是看似欢乐无比，而是觉得潜藏无限希望。

我所说的“希望”或许可说是“开端”，或许可说是“虽然是未完成的事物，却充满梦想”，所以由此开始，“希望”无限。

这绝对不是说要去往擅长的方向。假如有一个我擅长的、熟悉的方向，以及一个充满未知且可能会有新邂逅的方向，即便是冒险我也会选择后者。

一人会议，催生灵感
徹底的な「一人会議」からアイデアは生まれる

当工作需要进行决断之时，我的方法如下。

针对每项委托，先脑力激荡出各种创意，等到各种创意齐备，我便闭目冥想，在自己的脑中召开决议大会。每次会议至少有20位以上的自己参与，有时甚至多达百位。

我生来个性别扭，总爱唱反调，在后续章节中，我将解释这或许是自己的童年环境所致，导致自己的性格多样。对我而言，这种一人会议方便行事，每次的脑内大会真是百家争论，各执一词。

“这项创意有点负面吧？”

“但是那项创意缺乏格调啊。”

“只讲究格调，恐怕无法传递正确信息吧？”

“即使正确传达信息，缺乏乐趣，恐怕不容易娱乐大众吧？”

“光是娱乐大众，缺乏童心，结果是儿童不宜观赏吧？”

“想要面面俱到，恐怕只会沦为一首无法感动人心的乐曲吧。”

“但是如果无意沟通，当然无法传递正确信息啊……”这类争论已是固定戏码。

有时意见过于繁杂分歧，反而越想越糊涂；不过，广告本是提供大众观赏，大众各有不同的价值观，所以必须立足于不同的观点进行讨论，探讨所有的可能性，才能周全。

在彻底进行一人会议之后，我在心中默默将每项创意逐一紧握手中，然后再猛然松手，如果此项创意直直落下，就决定不采用。我在心中不断重复这个动作，最后必定会有一两个创意，即使松手之后仍留在手上。

很多音乐人常说，脑海中不时浮现各种旋律，可是最后总有萦绕不去的旋律，想必是旋律已经渗入体内深处。创意也是同理，最后决定留下的选项，不是透过大脑理性挑选，而是透过内心和身体挑选。这种追随本能的方式，已经不知不觉地成为我做人做事的原则。

这些为了工作而产生的创意和身心合一，所以，如果问我究竟是在执行“工作”，还是寻找“处世原则”，已无差别。总之，在他人委托的工作中所产出的创意，最后并非成为他人的物品，而是内化累积在心中。所以，挑选创意、具体实践，最后其实是在引领自己的人生方向。

因祖母经历的事件和为专辑*HOME*设计封面，使我决定独立创业。所以，如果说有某种工作和人生无关，我实在无法相信。

快溺水时，放松自己，顺势而为

溺れそうになったら、力を抜いて流されてみる

人生的重大变动，我称之为无法抗拒的巨浪，因为自己本身曾经亲身体验。有一回，我乘坐冲浪板，从高知县的四万十川顺流而下，途中遇到湍流，被卷入涡流之中，差点溺水身亡。在生死关头的那一刻，恰巧在附近河岸的冲浪好手对我大喊："不要挣扎，放松全身，顺水漂流。"

在湍急激流之后，必有水流汇聚处，人体能够自然浮起。我听从建议，双手护头，以免撞击到岩石，然后放松全身，随波逐流。虽然在途中，背部几度碰撞岩石，但是不一会儿的工夫，我就漂流到河水汇聚处，浮上了河面。

我常听说冲浪时，如果遇到大浪，只要让自己像胎儿一样，随浪翻卷即可。虽然明白这个道理，然而一旦遇到溺水，人免不了挣扎并设法游回岸边，却不知这样徒耗体力，根本不可能游上岸。许多海上遇难事件，多半是想靠己力游回岸边所致。

遇到这种情形时，只需放松全身，随波逐流；但是内心必须坚信"自己一定能够活下去""自己一定能够获

救”。这股“活下去”的能量才是救生索。

在“四万十川事件”之后，在夏威夷的考爱岛，我卷入了三层楼高的巨浪，失去意识。现在回想起来，在那次之后，我的工作方式有所改变。“夏威夷事件”之后，我参与时装品牌“组曲”(见卷首插图页Ⅴ)以及“niko and...”2013年的秋冬广告。因为这件工作，我开始担任导演，自己描绘分镜草图，拍摄影片。

一件工作从事多年之后，基本能力越来越强，渐渐兴起挑战新事物的欲望；或是为了力求完美表现，所以改变工作方式和内容。不过，我认为转变来自自己或周遭人经历过生死攸关的事件，体会到“活在世上真好”。这种大悲大喜，撼动内心，因此带来转变。

在这种体验之后，总会产生“唯独当下此刻，才得以创作完成”的事物。所以，我绝对要将撼动自己的事物或情感化为具体事物。然后，顺势而为，让自己的体验能够灵活运用到后续的工作上。

或许有人质疑：“世上的机会哪有可能如此巧合？”或许，应该说只要自我掌舵人生，改变人生，就能够缔造各种机缘巧合。

因为，心想事成。

我总是珍惜相遇的人、事、物，所以能够遇到终生难忘的工作。

放空自己，借助他人之力
自分を空っぽにして「相手の力」を使う

身在水中的感觉，也能够应用到工作当中。尤其是初次合作时，就可以像在水中一样，先将自己放空、放松，才能抓住漂来的事物。

各位当然可以拥有自己的喜好和坚持，例如最近聆听的音乐、喜好的颜色、瞩目的事物等，都是可以慢慢珍藏累积在心中；然而，在工作上，对于初次见面的人，我通常不做任何预设。

因为委托案件的想法存在于客户心里，几乎所有的答案都潜藏在这些想法当中。所以，我只需要用心倾听客户所言。在客户的话中若有勾动自己心弦之处，再设法延伸话题或提供建议，如此一来，我就能够掌握客户的意图，算是一种借力使力的方式。

有趣的是，如果对方生气勃勃，自己就能全力发挥；但是对方懒散无力，则自己也随之敷衍马虎。因此，对方的能量正面，例如“我喜欢这件商品”，或是“活动中希望如此进行”等，我就能借力使力，更能乐在其中，增加工作乐趣，对方更会如同镜子般映射出自己的身影，欣喜地接受我的提案。

客户或许会以为提案是我的构思成果，殊不知我只是具体呈现出客户自身的想法，这些原本就潜在于客户内心的想法，我只是挑出容易引起注意或好奇心的要素；所以看似是全新的创意，其实我未施丝毫力气。

如何捕获“飘渺无形的想法”

「ふわ～っ」をいかに感じ取るか

说穿了，我只需要“放空自己”，把握住缥缈无形的感觉，再设法强调。

2003年我参与麒麟啤酒的《8月的麒麟》海报设计（见卷首插图页Ⅷ），接受博报堂首位女性创意总监太田麻衣子女士的全权委任，负责设计夏季限定发泡酒的包装。当时，麻衣子女士自己已有一些缥缈无形的想法。麒麟啤酒的负责窗口已经先行告知她委托的内容，显示麒麟啤酒的负责窗口在传达信息时，已有自己的期望想法。麻衣子女士在倾听客户的说明时，掌握到那股缥缈无形，并在自己内心产生“这种创意可行”等缥缈无形的想法；最后我在听取麻衣子女士的说明时，再次感受到这个想法。

当时，我所接受到的感觉就像是“晾晒在外的衣服，随风摆动”。酒类卖场陈列着琳琅满目的酒类商品。由于是夏季限定，所以我希望商品陈列店内时，就像轻轻拂过的微风，串起各式各样的故事。

所有委托工作的第一步都在设法掌握这种缥缈无形的感觉。唯有放空自己，才能贴切感受到对方话中的氛围，进而理解。具体而言，就是“理解心境”，万事都从“了解对方的心境”开始。

抓住“风”，了解“心境”
「風」をつかむ、「心地」がわかる

等到看出轻拂而过的“风”，由此了解了“心境”；为了更深植心田，进入第二步时，并不是立刻寻找适合的词汇，而是寻找符合心境的音乐，营造出产生那种心境的环境。音乐是空气振动的回响，播放音乐能够让工作房成为适合的环境。所以，首先让自己的所在空间，运用音乐营造出那种心境，使得身体逐渐习惯；一旦身体习惯处于这种心境，自然而然地就会对相应事物产生反应。

说来巧合，和麻衣子女士会面的前一天，我参加友人公司的圣诞宴会。宴会上，结识了插画家大冢ICHIO，交换名片之后，我发现名片背面印着大冢ICHIO的插画，也是飘荡着缥缈无形的感觉，我不禁心动，觉得“可以使用这件乐器（画）”。我立刻联络大冢先生，然后播放自己挑选的印象音乐，一边阅读他的作品，确认“那股感受”。结果，两者果然非常契合，大冢先生笔下的线条似乎也更为缥缈无形，我当下决定要和他合作。

我总是凭着这种直觉，寻找各种心境相符的人士，最后也都如我所愿。所以，别逆流挣扎，而是要乘风而行。

珍惜“就是此人”的直觉

「この人だ」という勘を大事にする

每每遇到初次合作的人，我总是无比开心。我向来不在意对方是否曾有丰功伟业。无论是新人、其他业界人士、一般人士，我都平等以待，我重视的是“气场”和“过程”。

大冢ICHIO是著名的插画家，在和他合作之前，我对他一无所知。可是，从他所散发出的氛围和感性，我衷心觉得合作肯定没有问题。对于初次合作的对象，一般人通常抱着谨慎的态度，不过，无论成败与否，只要觉得投缘契合，我就会主动要求合作，因为相信这种怦然心动的“第六感”，总是使得工作更加愉快。

“8月的麒麟”啤酒的名称，并非来自文案作家或设计师等创意人的想法，而是取自营销人员的说明。夏季限定的啤酒，6月开卖，9月下架。6月时，夏天即将到来，就会想来一罐沁凉透心的啤酒；7月时，夏季开始，更是满心雀跃地期待饮用啤酒；8月则是盛夏时节，然后逐渐来到残暑的9月，趁着夏季尾声享受啤酒清凉入脾的口感。所以，我觉得"8月的麒麟"非常适合这次的广告。当我听到这个名称时，又像是有一阵微风拂过，满心觉得飘飘然，所以立刻决定采用。

我将自己挑选的印象音乐交给大冢先生，请他在创作时，聆听这些音乐。实际播放的广告曲，则商请音乐团体BE THE VOICE来创作。所谓无巧不成书，刚好在这项委托工作之前，相识的总监馈赠了这组乐团的专辑。播放欣赏之后，发现乐团歌声符合我挑选的印象音乐，所以和BE THE VOICE取得联络之后，同样请他们聆听印象音乐，并欣赏大冢先生名片背面的插图，再作词作曲。所有事项都是同时进行，虽然是第一次和BE THE VOICE合作，但是我确信绝对可行。

实际看到大冢先生完成的插图之后，那些蓝色和绿色的线条都像是有电流窜动，画面崭新有形、气势十足；而且明明只是一条条平凡的直线，越看越觉得像是有阵阵风吹过，画成横线之后，又像是高低起伏的波动。或许，大冢先生用心作画，同样的直线也呈现出不同样貌，感觉生龙活虎，生机盎然。原来插画竟有这般魔力，能将隐形思绪化为具体物象，真是令我惊讶万分。BE THE VOICE创作的音乐，也像一阵风吹进心田，令人感动。

啤酒罐设计根本毋庸再多想，自然成形，“8月的麒麟”采用手写字形。

宛如夺取他人的初恋

相手の初恋を奪うように

初次与某人共事，就像是成为他人初恋对象的感觉。初次合作时，无法像一般相遇，不合则去，从此老死不相见，无论如何都必须患难与共，完成只准成功不许失败的任务。所以对方投注全部心力，我当然投桃报李，决不辜负。如此一来，往往缔造出令双方难忘的工作经验，并培养出无可取代的关系。此外，我全权负责所有事务，设法完美呈现最后成果，通过工作，自己也有新发现和成长，并运用到下一项工作。这些成果展现在外，获得青睐，增加了新的工作委托，等于是诞生了新的工作分支，真是一举数得。

初识北九州岛市到津之森公园的动物园正、副园长不久之后，我旋即担任佳能“无反光镜相机 EOS M”的广告拍摄总监。广告由歌手木村KAELA担纲演出。为了拍摄她手持数字相机摄影的画面，我想要挑选她能够真正享受拍摄乐趣的场所。我将场景设定为“在异想世界的摩天轮上拍摄照片”。我思索什么事物可以引起摩天轮上KAELA小姐的兴趣，我觉得想必不是从东京台场俯瞰而下的景色，应该是动物，于是立刻联想起到津之森公园。

然而场地位于北九州岛，企划团队担心工作流程和搭景，我先打包票保证，然后立刻拿起电话联络动物园的正、副园长，商请他们协助取得摩天轮的拍摄许可，甚至连晚餐预约也都麻烦他们代订。这些原本都是企划团队的分内工作，拜托动物园副园长担任协调总管，简直是前所未闻。不过动物园方面大力帮忙，积极乐观的态度更是打造了欢乐无比的拍摄现场，佳能的工作人员、KAELA小姐、动物园的员工，大家都其乐融融、打成一片，一点也不像在工作。广告成品也反映出现场气氛，非常出色。

萃取最后一滴“灵感”的方法

アイデアの「最後の一滴」を搾り出す方法

常有人询问 :“是否曾经肠枯思竭? 想不出任何创意呢? ”我的回答是否定的。

其实每个人都能够想出创意，根据每日所见所闻，一定都能涌现灵感，产生创意，差异只在是否新奇有趣。如果每个人都一心想制造新奇有趣的创意，反而什么都想不出来。况且，创意是否新奇有趣，都是来自自我判断，那些遭到自我否决的创意，某些人说不定觉得新奇有趣，甚至还能延伸拓展出更多的可能性。

无论好坏，我总是毫无保留地将自己的创意昭告各路人士，其中当然不乏困扰众人，或是穷极无聊的创意。但是，观察对方的表情，说出当下的想法，再瞧瞧对方的反应，总之就是试着向外抛出想法，而非自己觉得有趣才对外发言。我就是想让创意接触外界，而非停留在我脑内。

Mr. Children的樱井和寿曾说 :“最后一滴尿最是精华。”

音乐创作也是同理。专辑封面*HOME*的创意，我觉得的确就像是最后一滴尿。最初我想出各式各样的创意，无论有趣与否，都设法化为具体形式。然而在祖母的受洗仪式时，看见家族并列而立时，才涌现这个灵感。但是，如果没有先前成堆的想法，就不会注意，更想不出这个创意。在绞尽脑汁之后，再设法挤出最深处的想法。想要挤出最后一滴，必须先挤出其他想法。

创意存在于随处各地，所以我喜爱上街逛逛橱窗，同时还能够观察、倾听、感受到街上的万物百态。

不过，我会先清空自己，以便吸收。因此，不断向外抛出创意，也是清空自己的方式。

创作的核心在“外”
ものづくりの核は「外」にある

话说，前几天，协助创作“组曲”广告音乐的音乐家高木正胜先生向我问起：

“嘴内，算是体外，还是体内呢？”

这个问题真是耐人寻味，不过，当下我认为“嘴内属于体外”。

描绘人体的轮廓线时，可以画出从嘴部有管道通往肠，再通往体外，如此想来，嘴内是属于体外；女性身体外有子宫，子宫内孕育婴儿；套用心灵的说法，“外生内，其内生子”，换言之，“女性的体内拥有宇宙”。地球位于宇宙当中，人类不断在这个地球表面演进，也可算是同样道理。如此一路推论下去，这项主题大概可以画成一册绘本。所以，高木先生的提问，为我提供了许多灵感。

如此说来，5日元硬币的中孔，也是“外”；所以，我经营的goen°，也是在“goen°”中有外。（译注：“御缘”和“5日元”的发音都是“goen”。）

通过goen°参与各项创作，我体会到goen°并非是内部人员所打造，建构goen°本质的是“在内部的外部世界”。身处goen°其中的只有我一人，但是通过goen°内部的外部世界，例如音乐家、创作人、摄影家、影像作家等各界人士，经由他们打造了goen°。

食物通过体内的外（食道），人体从外（肠）吸收营养。创意发想也是同理，不能单纯依靠自己的涵养和经验。走在室外，映入眼帘的事物、擦身而过的感受等，加以吸收、内化成为养分之后，才能成为创作时最重要的核心。“肉眼所见之外的事物”建构起我创作时的核心。吸收外部事物的重要性，无须多言。

运用在海中的感觉和感受性，进行创作
海の中の感覚と感受性でものづくりをする

“清空自己”是为了吸收更多，我推荐泡在大海中的方式。泡在大海中，能够净空身心；而且身处海中，能够提高感受性，体验到细腻微妙之处。

我从小喜欢蓝色。蓝色是奇异幻想的颜色，无从掌握。例如空气，近看透明无色，远观则成蓝色。我十分着迷这种感觉，觉得蓝色是能够包容自己的颜色，所以我一心想要“和水融为一体”，所以追寻蓝色，最后我找到了冲浪。

我玩立桨冲浪（见卷首插图页X），站上冲浪板，运用划桨就能够划向远洋，融入蓝色世界中。可是，前进到远洋、回首望向陆地时，原先追求蓝色的心情，会瞬间改变。从海面看到的陆地颜色，着实令我惊艳，各种山峦相连的绿色，原来只是自己身在陆地而不自觉，从海上望去，蓝

色以外的颜色竟是如此漂亮。

因为来到海上，体验到迥异于以往的价值，令我觉得全身轻松畅快。原本只想出海追寻蓝色，却发现原来也可自由登上陆地，人类其实可以海陆来去自如。有了这种体验，我常常无法克制想要冲入大海怀抱的冲动，一心想将自己的重负抛入海中，重获自由。

投入大海的怀抱，能够消除“身体的界线”，感受到内心运载着的渺小生命。生活在都市当中，自己和社会的边界线是脸、手臂等身体四肢，总是需要拼死拼活地保卫自己。但是，投入大海的怀抱，不知不觉之间，疆界会自动消失于无形，再无头与手的边界之分。这个时候，自己的重心都在腹部中央，灵魂镇守在此处。

身体和外界无疆界，则容易接收、接触到形形色色的事物，所以能够锻炼感受力，身体更易敏感察觉各项事物。所以，每次登上陆地之后，我总觉得事情样样新鲜有趣，食物样样美味可口，甚至连喝水都能够令我开心陶醉。从事创作，我希望自己能够永远保持这种感觉和感受性，而这些都来自大海。

不拘形式，模糊“界线”
型にはめず、「境界」を曖昧に

投入大海的怀抱，能够模糊界线。

因为冲浪活动，我去过日本各地的海边，甚至也曾在北海道冲浪。即使气候寒冷，我仍然穿上保暖衣入海冲浪。望着不畏寒冷、冲向大海的冲浪手，只觉得这群冲浪手的体内还残留着“回归大海”的动物本能。人类离海上陆，从四足动物演化成双足动物，这些冲浪手或许想要追溯演化的源头，或可说这群人尚未完全进化成人类，或是仍然徘徊在人类和自然之间。所以，喜欢靠近大海的人充满魅力，既勇敢坚强又细致敏感，了解这些人的生活和思考方式，总令我反思现代社会进化的意义究竟何在。

细思之下，人类在现代社会中划线分区，制定各种基准。例如在海岸筑堤，砍伐森林，分区规划。可是，过于泾渭分明，反而令人难受，衣服过于贴身，感觉绑手绑脚；海岸筑堤，就像掩住鼻孔无法呼吸，应该让海浪自由拍打海岸。不要“拘泥形式”，不要为身体或生活方式筑堤封闭，应该不拒外物，排除无谓，这样才健康自然。

人际关系也是如此。与人往来，算计利弊得失，或是交往设限，都是违背自然而且危险的。模糊界线，接受水彩晕染般的朦胧暧昧；在能量过剩的时候，就放胆发泄。

我定期举办名为coen°的工作坊（见卷首插图页ⅩⅣ），召集儿童参加。工作坊通常不会事先制定任何主题，即使如此，随着活动的进行，都会自然而然地产生主题。这就像是海浪拍岸，人和人之间互有往来，但是一旦划线区分，结果就会有所不同。

大自然教导人类无数的道理。我很喜欢观赏电影，受到电影的诸多影响。只是努力偷闲抽空，一个月我最多只能看两部电影。但是每每看完电影时，我总是在心中回想方才难忘的画面，放任自己的思绪奔驰，随意想象，获得更多的感动，也提供自己创作的灵感。我想这也是一种创作的训练。

我喜欢投入大海的怀抱，喜欢任意想象。音乐也是如此，能够将无形无声的事物化为具体表现，真是无上的喜悦。所以，我积极体验各种能够享受这些感觉的事物。

2. 身心必须随时灵活变动

心と身体が動くものを

以森本风格迎接早晨的方式和拉下夜幕的方式

森本式朝の迎え方、夜の閉じ方

不同于每日规律通勤打卡的上班族，我每天的工作都不尽相同，变化万千。有时候一大早为了牛油果的广告，必须向法国人和墨西哥人进行英文简报；有时候则在结束动物园的广告简报之后，走进笼内和动物接触；有时候向牙医简报结束之后，我会张嘴请医生清洁牙结石，或是扫描颅骨。由于每天的行程都不一样，所以不易制定规律。

即使如此，为了打造生活的规律，我特别注重晨扫。我提早起床，在出门前的三小时之内，打扫屋内，再泡澡净身。最近我常"裸扫"，诚如文字所示，就是赤裸全身擦地。因为全身赤裸，所以不能坐在地板上或椅上，只能拼命擦地，再将擦拭完全家的抹布丢进垃圾桶，最后泡澡，洗净全身污垢。

为了放空自己，我的理想是希望每天早上都能投入大海的怀抱，享受冲浪。但是现实所限，所以替代方案就是擦拭全家，然后洗净全身。如此一来，傍晚回到家时，打开音乐，就能享受最舒服的环境。

我只能在晨光中绘图，所以早晨是极为重要的时间。在夕阳西沉之后，创意不易产生，所以在入夜之后，虽然会进行相关作业，但是从不思考计划。

我本来就不喜欢日光灯，因为害怕冷白色的人工光线，所以绘图时，我尽量选择自然光的时间，如果光线不足，我的忍受极限是开盏小灯。在这些条件制约之下，早晨时间的重要性不言而喻。

一天的结束，以“报纸日记”重新磨练自己
一日の終わりは「新聞日記」で自分を鍛え直す

每天晚上，一天的最后，我会进行“报纸日记”（见卷首插图页XIII）。我会随身带着报纸，将当天前往聆听的演唱会，或是引起我注意而偶然拾起的物品，加以剪贴拼凑。这些事情，在当下的感受都是一个“点”，我画在报纸上，然后晚上再将这些“点”联结绘制成图。

我想要记录每天难忘的事物，这种信念日渐强烈。在2011年“3·11东日本大地震”之后，家中正在实施省电运动，我决定不画在全白的纸上，而是在阅读报纸的同

时，将自己的想法画在报纸上，因而开始创作我的“报纸日记”。当时，在核电事故的报道上，我将自己当时的心情、想法，不假思索地动手画在报纸上。

“报纸日记”的报纸是纸，可以随时带着走，折叠得皱巴巴也无所谓。后来，无论在何时何地，我都能够在报纸上随手描绘记录。而且，无论旅行或出差的目的地是大城市或是乡下，报纸随处可以购得，甚至还有地方性报纸。在新干线车厢中，或是用餐完毕之后，取出报纸，贴上餐厅的杯垫，我就可以开始绘图。

“报纸日记”始于2011年，持续到2012年年底在WATARIUM美术馆内On Sundays举办个展“en°树木果实”(见卷首插图页XVI)。这次个展展出了我以往所有的作品，“报纸日记”也是参展作品。通过这次个展，我将自己重新归零，所以在个展之后决定停止记录，“报纸日记”约休息了一年，直到2014年才重新开始。后来因为想要增加画图机会，并加强反射神经，加速下笔速度，所以才重启久违的“报纸日记”项目。

将当时发生的社会事件画在报纸上，就像是每天将自己内心深处的想法，以具体的方式绘制呈现，日积月累之下，选色越来越精准快速。我现在已经能够迅速画出趣味十足的日记。“报纸日记”是记录，是伤痕，所以我毫不保留地画下自己所有的想法。通过这种“画图”方式，在当时所处的空间中营造绘图气氛。所以，无论是在海滩还是任何地方，我都能够营造画图的心情。这就像是运动选手在比赛前的热身运动。

一天结束后，我在睡前绘制“报纸日记”，这是我每天的功课。

忙碌时，更需要刻意找寻“闲暇”
忙しいときほど意識的に「隙間」をつくる

生活越忙碌，我反而特别注意的是制造“闲暇”。

在工作应接不暇之时，我会试着在开车时聆听音乐，设法制造“闲暇”。在正式进入工作时，慢慢转换心情，珍惜委托案衔接之间“无谓的对话”。如此一来，能够结束前项工作的情绪，顺利进入下一项工作。所以，在安排工作行程时，我会考虑前后两项工作之间的衔接转换。

或许就像是DJ，功夫高超的DJ会安排播放顺序，曲曲环扣，相互呼应。每日的工作就是编排曲目。所以，有时候经纪人安排的行程衔接不顺，我甚至会取消某项约会，因为勉强执行，容易负伤失败，通常会脑袋里一片空白，毫无灵感，也提不出任何意见，结果只是浪费时间。所以我会判断另择他日才有成效。

心情的搭配衔接方式，其实非常重要，就像是音和音之间、颜色和颜色之间，就有绝对无法搭配的组合，例如不相关的两件工作，假设我正好画得上手，有些中途插入的讨论不会影响作画心情，有些则会破坏灵感，导致无法继续作画。

如果一整天的行程安排妥当，就能够让各项工作之间相辅相成，契合无缺。

然而，一般上班族不易自主排定流程。我也曾历经公司新人时期，所以深深了解。当时我每天处于想象力、瞬间爆发力、技巧等高压之下，根本没有闲工夫考虑心境或情绪。现在我了解到心境或情绪是稳定想象力的基础，逐渐感受到心境情绪与创作密切关联。

当我还在公司任职时，会议和会议之间的衔接方式，或是简报时遇到不愉快，觉得沮丧疲累时，我会设法改变情绪。

当时在台场设有“VIVA! SKY DIVING”的自由落体游乐设施，我会招呼伙伴，驱车前往台场。当我坐上这项游乐设施，心脏像是悬在半空中，能够重新设定运行不良的气场，然后再返回公司，以全新的心情面对工作。

搭乘游乐设施只是我转换心情的其中一例，不过打造这种“空闲”的方式，效果不错。尤其是诸事不顺时，别勉强在会议之间思考下一场的简报，设法转换心情，迎接下一项企划。千万避免硬撑挤出创意，而要设法转换自己。与其写多十页企划书，不如打造正常的身体状态，才能详述简报内容。

“舒适”和“创作”之间的关系
「居心地」と「ものづくり」の関係

作业的场所也和创作息息相关。当我还在博报堂工作时，背后常有人批评我无论前往哪个部门，“森本首先就抢占位置”，或是“会议室都变成她的天下”。

原因是我自掏腰包搬进靠垫、座椅，自制广告牌，到处随兴装饰，将办公室改成自己觉得舒适的空间，所以也怨不得他人如此批评。

就像动物筑巢，即使只是住宿一晚的饭店，如果不喜欢床边柜的位置，我也会搬动，或是变动挂画位置，改变成为自己喜爱的摆设方式，成为“我的风格”的房间。

如果是工作场所，我会在适当的位置摆放靠垫，方便自己画图，改造成为方便自己行动的摆设。如果被分派到新的空间，我不会立刻着手工作，而是先设法改变布置，就好像在建造自己的基地。仔细想想，从小我就喜欢东布置西布置，直到现在，这种习惯都没改变。

我的私宅当然也是如此，画图空间中，画笔、画纸都各得其所，将写字台3厘米、3厘米地微微移动，彻底打造自己的工作场域。如果是厨房，汤瓢等的排列位置不容变动，必要的厨具一定要购买齐全，甚至加入更方便料理的厨具。总之，只靠着配发的用品，我似乎无法排除万难地投入工作。打造自己方便进行工作的空间，最终能够产出良好成绩，所以我愿意先花费这段前期作业的时间。

每天筑巢，打造符合自己心境的空间，顺应自己的气场，排定一天的行程；所以，即使身处大气流（或命运）

当中，我仍然顽强地逆势抵抗。

事前排定行程，偶尔仍然有突发状况，此时就顺势而行，也是一种乐趣。当下的心境非常重要，所以即使是期待已久的演唱会或酒筵，如果当天的心情不佳，我宁可选择不去。或许会被他人认为不懂得交际应酬，然而我希望重视自己当时的“气场”。

感受自己，忠于自己，如果过于执着既定之事，反而容易在关键时刻无法动弹。

不求人多，只需一人喜爱就有希望
たくさんではなく、たった一人に愛されれば何とかなる

在服装打扮方面，我不但重视当天的心情，也会考虑简报场合将遇到的对象。每当觉得一天诸事顺遂，事后阅读报纸占星栏时，才发现随着心情挑选服装的颜色，就是幸运颜色。

我的这些坚持和讲究，在经常共事的美发师富泽NOBORU先生面前，根本是小巫见大巫。根据拍摄的内容，他会改变自己的发型。而且他随时处于亢奋状态，嗓门

大，笑声也大，一派天真无邪。我想他每日开怀大笑，心情一定舒爽无比，能够扫除所有的阴郁，健康快乐地过活。既然我的功力还有待磨炼，现在至少做到遵从自己的心情。

“简报是一种飨宴”，所以我很重视最初的登场序幕，尽全力打造惊艳华丽的简报，以便营造绝佳的第一印象，打造“Welcome to my world!”的气氛。我希望当幕布拉起时，顾客看到即将搭乘的船只和港湾景色时，视线就再也无法移开。

只要一开始抓住人心，就会自然地愿意登上船只，然后就随我们掌控，即使后来遭遇暴风骤雨，也都是自然现象，只能双方相互信任和仰赖。

我希望能和共事的伙伴融洽相处，自己向来不善于虚与委蛇，所以总是直接和顾客的首脑人物彻底沟通。我认为与其八面玲珑，博得众人喜爱，不如取得一个人的厚爱即可。

进行简报时，如果客户有十人参加，我会准备十人份的资料，然而无论参加人数再多，我都视为只有一位简报对象。人数众多时，通常会使用投影机，说明概要，并“请两人看一份资料”。虽然口头说明如此，但是我一定是每人一份数据。无论人数多寡，我坚持“一对一”，展示样品也一定是准备参加人数的份数。例如前几天的简报，我也是备齐了吉祥物面具的份数，逗得所有人都开心大笑。或许有人认为无须如此大费周章，然而我只要预想到“在这个时机可以采用这种方式，炒热气氛”，就令我雀跃不已。

如果无法打动一个人，结果就是无法打动任何人。打动许多人，其实就是打动“每一个人”。如果自己的想法能够获得一个人的认同，并打动对方的心，最后才能够带动人气。

运用身体思考“灵感”，以想法进行“简报”
身体でアイデア、想いでプレゼン

前述简报针对一位对象进行万全准备，除此之外，当场的即兴能力也同样重要。

如果送企划书或资料的工作人员不幸碰到电车停驶，无法及时赶到时，只要我人到现场，总能想方设法地应变。准备周到的资料万一不见了，我也不会脑袋一片空白。无论发生哪种状况，我可以借由黑板书写，口头解释。

平常害羞、不好意思、抵死不做的行为，在进行简报时，创意已经和自己合为一体，我像是吃了熊心豹子胆般，无论眼前是何方人物，我都毫无惧色。并非我拥有傲人的自信，而是我真的喜欢愉快开心的事物，总以欢乐的心情面对简报，所以能够滔滔不绝地说明这些开心的创意，从不以为苦。

或许我不是以大脑打造创意，而是以身体制造创意，所以创意已经渗入我体内各处，即使手边没有书面资料，也不至于无计可施。数据是为客人奉上的茶点，是提高简报力道的手段，是提供容易想象的道具，但是创意本身已经存在于体内。

最后需要的是想要传递给客户的满腔热血，缺乏“想要传达”的意志，就无法获得认同。不需要华丽的辞藻，也不需要吹嘘得天花乱坠。同样的对白，演技精湛的演员能够打动观众，但是也有僵硬地念着台词、无法传达真义的演员。能够传达意志的人，从不在意成功与否，只是一心想要传达，就能够撼动人心。

我不是要应付打点客户，况且简报中没有半点虚假，也不会提出勉强无理的承诺。如果是自己无力执行但是想要尝试的创意，我就会老实说出来，甚至毫无顾忌地询问对方是否有适当人选。事实上，许多人都愿意推荐："社内某某好像办得到喔。"然后，我只管联络适当人选，一起共事，推动计划进行即可。

只在最初和最后使力，享受中间过程
力を入れるのは最初と最後、途中は楽しむ

启动一项企划时，从最初开始，我会尽量和助理共享各种信息，如果情况允许，我甚至想带着所有助理、摄影师一起前去简报，因为我希望相关工作人员能从起点一起放眼相同的未来方向，我希望工作人员在工作时，不是看着我行动，而是看着"和我一样的方向"，甚至希望工作人员的冲劲能够超过我。

先前说过，简报时，我擅长带队登船，但是我的战斗力缺乏持久性，所以总是在为企划招兵买马之际，拼命传递"非你不可"的延揽之意。

对方受到我的热情感召，即使摄影师或美发师感受到莫大压力，仍会觉得"舍我其谁"。有了这种"舍我其谁"

的想法，会逐渐忘却这项工作是来自我的委托，觉得只有自己办得到，甚至如果能够产生不想让我专行于前、单独挂名的愤慨，我更觉得高兴。最好是共事的伙伴能够觉得“自己才是总监”，兴致勃勃地投入工作，引领我一同前进。我原本是主事者，后来却演变成为追随者，反而能够撞击出趣味十足的火花。

然后在最后阶段，既然获得伙伴的热情支持，我自当努力统筹。在企划进行期间，我不可能从头到尾全力冲刺，所以选择在最初和最后尽心尽力，途中则是单纯享受工作的乐趣。

事必躬亲肯定累坏自己，所以负责开头和结尾，中间则交付他人。相信工作人员也是成功的关键。

不忘记化为音乐的感觉
音楽にすると感覚を忘れない

前面曾提及音乐是共享心境的重要道具。企划案的氛围如果能够透过音乐定调，掌握方向性，接下来就能够产生无限创意。音乐比语言文字更容易传递。

寻找适合工作“感觉”的音乐有各种方式，例如演唱会、广播节目，有时是获赠的CD，或是只看封套包装就买下的CD等。

汇集约20首调性适合的音乐之后，刻成一张CD，经过不断重复播放，逐渐删除调性不合的曲子，最后剩下约五首。运气好时，可以立刻找到一首合适的曲子，然后无论是在会议讨论、简报或拍摄当中，一直播放欣赏。

选择合适音乐，就是掌握感觉。语言文字和视觉无法即时地具体呈现，但是通过音乐能够掌握感觉，协助承办伙伴事后物化为具体形式。

“组曲”的2013年秋冬广告就是一例。我的脑海当中，一开始就听见律动感十足的音乐，并浮现出女星石原里美在“某个距离、某个高度”的影像。接着我挑选出印象深刻的音乐，借此传达印象给音乐制作人高木正胜先生，以便为广告编作原创曲。我最初的印象先是浮现出汽车一路奔驰、车窗外景色流逝的速度感，在不断聆听挑选的音乐节奏之后，脑中的画面更为清楚，然后画下分镜脚本，诞生了音乐和色彩融为一体、调性相符的作品。

书籍装帧也是如此。为摄影家制作摄影集时，我会恳请对方刻一张喜爱乐曲的精选CD，然后我边听边制作。当汇集摄影作品成册时，想必摄影家心中早有定案，所以我会商请对方挑选符合心中印象的音乐，刻成CD供自己参考。

薄井一议先生的摄影集*MACARONI CHRISTIAN*的装帧设计，采用深沉有力的风格，就是源自薄井先生挑选的音乐。此外，石田光小姐的著作《集幸福于一身——婴儿小巧可爱的物品》，这是一本母亲为儿女缝制衣服的书籍。同样的，我请石田光小姐录制CD，听着音乐，脑海中浮现出摄影家市桥织江，所以请她负责拍摄。书籍纸张也是听完音乐之后挑选的。

音乐容易共享感受。在讨论阶段，我不擅长找寻各种书籍提供视觉参考。但是我希望打造百分百原创的作品，所以与其通过视觉想象，不如通过听觉想象。提供摄影集作为制作摄影集的参考，等同于命人模仿，但是如果是通过音乐，则能够打造出和音乐风格相仿的作品，我就是想要创作出世上前所未见的作品。

传达方式也可以运用曾经旅游过的地方，想要提供发想创作，必须传达“感受”才容易了解。如果提供参考书籍，则必须告知喜欢该书的哪种感觉。

广告是不期而遇的结果
広告は不意に出会うもの

虽然我制作广告，但是我并不崇拜广告，也不相信广告，或是喜欢广告。当自己成为一位消费者观看广告时，有时都觉得广告可有可无。

我喜欢的广告，不是只呈现商品印象，而是能够留下特别事物，或是诱发想象，令人雀跃兴奋。

广告无须前往电影院付钱观赏，也不是需要确认节目表观赏的电视节目。连续剧的电视广告、街道旁的交通广告、杂志上的广告，都出现在无预警之间。

在这种无预警的情况下，广告使用的词汇、照片、图画，如果能够打动“现在的自己”，表示人和广告有了美好的相遇。如果自己制作的广告提供这种“好感”刺激，我会觉得很开心。

我自己很喜欢的广告，例如1983年，三得利皇家威士忌的“马戏团周游沙漠”系列，或是葛西薰先生的三得利乌龙茶电视广告系列，看着姐妹跳芭蕾舞的画面，真是美不胜收，令我着实感受到饮用时的爽快心情。在观赏综艺节目或连续剧时，如果偶然遇见赏心悦目的广告，总令我目不转睛，沉醉其中。

苹果计算机的“Think different”“Here’s to the crazy ones”广告系列，并非介绍苹果商品的广告，而是展现出创造全新事物的精神，带给我发愤图强的勇气。遇见这种刺激人的创作欲望，而非一味促销商品的广告，我总是心存感激。

可是广告可遇不可求，就好像突发事故，即使想再欣赏一次，也不知道再次播放的时间，所以才吸引人。明明是在收看连续剧，却和广告不期而遇，专注力瞬间脱轨。夹带着打动人心的元素，突然展现在世人面前，这是广告独一无二的特性。

广播播放的音乐也很类似广告。打开收音机，不经意流入耳中的音乐，如果正好符合当时的心境，能够提振精神；或是忽然听到怀念的歌曲，会感动落泪。如果每个人都能如此看待广告，真是再好不过了。身为广告人，期许自己制作的广告，无论在何时何地何者观看之时，都能有所帮助。

现下充斥着难以计数的新闻节目、连续剧、谈话性节目，信息量大且繁杂；广告如果也拍得像连续剧或戏剧的话，虽然有趣，但是我认为无法刺激人类的想象力。

最近的综艺节目经常出现字幕，明明正在聚精会神地注视搞笑艺人的表演，搞笑艺人也努力地抖着包袱，结果画面上突然出现偌大的文字说明，常令我不知道究竟应该继续看着艺人的脸还是文字，我无法理解为什么要局限观众的笑点。扼杀人类想象力真是媒体的拿手好戏。

日常生活不尽如人意时，可以出外旅行，增广见闻，但是听说最近的年轻人根本都不出游，那怎么获得想象、空想、幻想的时间呢？

所以，即使眼前出现绝妙无比、活生生的事物时，恐怕也无力想象，徒有双眼却不识泰山。既然有眼无珠，不识真货，哪有能力打造出名副其实的真货！

感动是撼动人心的课程

感動は心を動かすレッスン

我名片上印制的头衔是“沟通总监”。这个头衔第一次使用是在到津之森动物园中举办的个展时（见卷首插图页XIV）。

这是我生平头一遭的个展。动物园多半是家长带着孩子前来亲近动物的场所。因此，我认为这座空间能够让亲子在观察动物之后，顺便参观我的个展。生物界分界门纲目科属种，例如猫科、犬科，所以我在个展空间的标识是隶属于动物一员的“人科”。猿猴、大象，生物特征各有所异，而我是具有能够创作、拍片特性的生物。

在此之前，我的名片头衔都是广告公司艺术总监，但是对前来参观的儿童，艺术总监这个名号恐怕派不上用场。因为我是“生性爱好沟通的人科”，所以头衔改称为“沟通总监”。

可是，仔细想想，每个人都是“沟通总监”。人与人之间沟通感情，享受人生，心生感动。既然所有人都是沟通总监，我使用这个头衔反而更令人困惑了。

以前，曾有人在推特网上询问“如何成为艺术总监”，我的回答如下：“请让自己不断受到感动。”

感动是打动内心的运动，我经常感动地落泪、气愤、大笑，常令众人不知所措。我是个多愁善感、感情充沛的人。我想这是一种前段训练，训练自己能够处在各种角度观察、转换不同的自己，发现好东西、好地方。

我的头衔通常是艺术总监或创意总监，请容我僭越，代表这项职业向大众道歉。因为这个头衔本身就有问题，毕竟遇见感觉有趣的事物，希望打造、传递一种趣味，所以集合众人的创意，实现企划，将无形化为有形，的确可说是一种创作或艺术监制，但是这种说法实在是过于笼统。可是，话说回来，如果没有胸怀大志，例如“我要成为令所有人捧腹大笑的创意总监”，或是“我要成为能够创造出美轮美奂、惊艳全世界的影片创意总监”，则不会产生任何创意的结果。

“想要传达某种事情”“将某种表现化为武器”“为了打造某种物品”，想要成为一名艺术总监，你“想要”的想法才是关键。所以，当你“想要成为艺术总监”时，就像是在说“想要成为创作人”，只能说是一种空谈、缺乏实际的空想而已。

3. 坚持必须因地制宜，懂得坚持和取舍

あくまでこだわるとき、こだわりを捨てるとき

自己决定随着命运起舞的方式

流された場所で、どう生きるかは自分が決める

前面曾经提及改变命运，就像是大浪来袭，“千万不要抵抗，随波逐流即可”这个道理其实是来自母亲的教导。

这段故事可以追溯到武藏野美术大学的入学考试。我决定报考武藏野美术大学，所以从初三开始，就前往美术补习班学习。到了高三时，我已经像是武藏野美术大学的学生一样，穿梭在校园内，还有熟识的老师和前辈。每个人都坚信我将进入武藏野美术大学就读；自己、双亲、补习班老师也都深信我一定能上榜。

没想到我却落榜了，原因是在补习班的日子实在是轻松快乐，以至于我根本没有用心读书。不过，既然落榜了，唯有接受命运安排一途，于是我决定重考，还报名了补习班。就在开学的一个星期前，我收到武藏野美术大学短期大学的通知：“本校尚余招生名额，如果您尚未决定就读的学校，欢迎入学。”在备取名单中，我的准考证号码排在最后一位。换言之，我不仅是备取，还是敬陪末座，入学资格居然还轮得到我。

我的自尊心使我完全难以接受，打算拒绝。这时，母亲开口说道：“就顺其自然吧。”

并继续说道：“人生重要的不是入口，而是进去之后，如何生存。现在既然有此机缘，不如就顺势而行吧。”

对于母亲的一番话，我一知半解。可是既然母亲都如此表示，顺其自然也许是个不错的选择。好巧不巧，在海外留学的补习班老师突然来电。

在我的衣柜中，突然传出机械式的声响：“没问题的啦！”原来是来自我寄给老师的生日贺卡。老师挂心有事发生，于是拨打了国际长途电话给我。我惊讶之余，询问老师备取入学的意见，老师说道：

“短期大学也好，备取也好，进入学校之后，就没有任何差异。老师劝你考虑入学吧。”

老师的一句话发挥了推波助澜的功效，于是我进入武藏野美术大学的短期大学部设计科就读。

随着命运的安排，我开始了大学生涯，母亲告诫我必须好自为之，我只能忍辱设法挽回名誉。

美术大学里当然是聚集了想要就读美术大学的学生。一般而言，高中生在选择大学时，都是想着要进入哪所大学、哪所名校，并以此为目标准备入学考试，想当医生的当然是报考医学部。除此之外，其他学生多半是进入大学以后，一边念书，一边考虑未来的人生方向。

然而，决定就读美术大学的人则有所不同，从高中就立志投身艺术的人，都齐聚到大学中。进入大学之后，从此人生的方向已定，而周围的人也都志向相仿。进入美术大学的人，内心都抱持着“想要创作某种图画”，或是“想要拍摄某种电影”，已经开始正式展开人生旅途。

我也不例外。在武藏野美术短期大学开始大学生活后，一年365日，我每天绞尽脑汁地设法表现、传达、创作自己的想法。

备取入学算是因祸得福。落榜的打击将我的自尊归零，所以我珍惜每分每秒，努力创作。中学时，我就立志进入广告公司，然而报考公司的资格，必须持有四年制大学的学历。因此，进入短期大学的我，必须报考插班大学，而且是只许成功、不许失败的背水一战，我真的是拼尽全力。每周只需缴交一次的作业，我每次都交出约十件作品，如果老师的评分不佳，我就改进再提交。总之，每天勤于创作。

创作数量超越他人数倍的结果
人の倍以上つくり続けて起こったこと

我读大学时，正逢设计界风起云涌的剧烈变动时期。读大一时，苹果计算机兴起，设计业急遽转向数字化。初期的Mac机体非常庞大，不可能摆放于一般家庭内使用。不过，我努力学习，希望能够迅速熟悉苹果的软件，熟练使用。我学会了电脑合成技术之后，就找寻所有想要合成的元素，扫描所有相关的摄影集，每天晚上都前往青山书店搜购摄影集、杂志，埋头制作广告海报。

短期大学时期，我也选修摄影课程。虽然我不是主修摄影，当我想要进行摄影棚拍摄时，我商请熟识的照相馆大叔协助打灯，学着拍摄广告商品。当老师的作业是“前往涩谷拍摄一卷胶卷，然后创作作品”时，我认为一天只拍摄一卷胶卷，无法出奇制胜，所以我带着30卷胶卷，扛着8英寸×10英寸的大画幅相机，搭乘电车前往涩谷。无论是哪色人种、哪国人，我都出声拜托他们允许我拍摄。我真的拍摄了形形色色的人，有满脸耳环的人，文身的人，鼓起勇气、借机搭话的个性人士，眼神锐利的少年等。常说相由心生，人像的拍摄真是越拍越有趣。

为了冲洗拍摄完成的胶卷，我半夜留在学校。我很崇拜摄影家森山大道、操上和美的作品，于是有样学样地打印出对比强烈的黑白照片（现在想起来，短期大学时期的作业，获得老师最多赞美的不是海报，而是这些摄影作品）。

短期大学的毕业创作，我也是全力以赴，制作了主题为“环境问题”的五幅B1尺寸的巨大海报。当时，输出B1尺寸需要花费三万五千到四万日元。毕业制作时刚好碰上成人礼，所以我将成人礼和服的费用，挪为海报的输出费用。然后再商请平日多方支持的照相馆大叔，用拍摄女性成人礼照片的灯光设备拍摄我和毕业作品的合照，而非自己身穿和服的纪念照。

插班大学的考试，录取人数从百人中只取一二，可说是一大难关，不过我以榜首考取。我以为我考取的原因是我做的大量的海报和设计技术获得了认可；后来我才知道原来是“成人礼的照片耐人寻味”，评审认为“成人礼不打扮穿着和服，反而手持海报拍照，这份坚持十分有趣”，力荐录取我的及部克人老师，后来教导了我广告沟通的真义。

朝着目标，绕远路而前进

目的地をめざしながらたくさんした遠回り

及部老师是推广“工作坊”的始祖。关于“工作坊”一词，容后详述。在“工作坊”概念尚未普及的年代，及部老师请儿童采访经历战乱的成人，然后将他们感受到的事物，汇集成为图绘地图，并制作成海报。他也曾将儿童两人编成一组，戴上眼罩，手牵着手，打赤脚走路，将除了视觉感受以外感受到的东西做上记号，制作学区地图。老师所企划的活动都很新鲜有趣。

我报考插班大学是为了进入广告公司，主修广告是我的目的，当时从未想过选修及部老师的工作坊研究会。然而，偏偏广告论的学科说明会当天，我不慎睡过了头，严重迟到的后果就是只能拣选剩下的课程，也就是及部老师教授的课程。

为了修习广告的课程，在短期大学时期，我一心一意全力埋首制作数字作业。然而及部老师的第一堂课就带领学生前往千叶县佐仓市，参加为儿童举办的戏剧工作坊。工作坊不见得会留下海报等具体形式的作品。本来，我满心期待自己将踏入平面设计世界，和崇拜已久、活跃一线的创意总监大贯卓也处于同一业界。结果竟然来到乡镇儿童的工作坊，只有一般百姓，根本和设计沾不上边，我的心情跌落到了谷底，沮丧地觉得自己报考插班大学，是为了学习这类事物。

当时，除了大学课程之外，我还同时进修“文案养成讲座”，因为我一心想要制作广告。不过事实上我错报了讲座。

我其实并非想要进修文案，而是想要进入杂志《广告批评》主办的“广告学校”。杂志*BRAIN*的招生是“文案养成讲座”，而杂志《广告批评》招生的是“广告学校”。我分不清两者的异同，报了*BRAIN*主办的“文案养成讲座”。理所当然的，文案讲座的讲师都是文案撰写人，其中也有来自博报堂的讲师，但是我崇拜的大贯卓也、佐藤雅彦、葛西薰等设计师，一个也没现身。没有一位同学来自美术大学，而都来自早稻田大学、庆应义塾大学等普通学科的大学生。不过，讲师阵容强大，仍然是难得的经验，而且我还学习了广告的文案写法。

其中印象最为深刻的课程来自电通的文案写手白土

谦二。

当时的课题是“玻璃杯内放入冰块之后，再注入威士忌。这种情景的文案应该如何写，才会看起来是一杯诱人的美酒”。同学们提出各式各样的文案，白土先生说道：“不要只追求辞藻华丽，文句优美。请想想冰块滚入玻璃杯中，液体注入的瞬间，是不是像是冰河或岩石的迸裂声呢？运用这种大自然的音效，反而听起来更为诱人。”“没有冰块迸裂的声音，也可以运用山中的声音。”白土先生讲授运用逼真的拟声词也可创造出精彩的文案。

另外还有一堂课，对我也是影响深远，讲师是来自外资广告公司Wieden+Kennedy Tokyo的佐藤澄子。在这堂课上，我认识了“creative brief ”（创意策略单）这个单词。创意策略单是制作广告时，为了统一广告意图，归纳总结出广告的战略。创意策略单由“沟通主题”“创意主题”“艺术监制主题”等三项主题构成，是一项将广告制作指南统一归纳成数据的作业。

“沟通主题”在于厘清这项任务或使命如何带动商品；“创意主题”则是运用何种表现，如何感动人心；“艺术监制主题”则是为了达成使命，将运用哪些色调等具体的决策。在列表上记下这些事项，我发现将广告战略理论化非常有趣，所以在提交大学设计作业时，我也会制作“创意策略单”。

当然，应该找不出有任何美术大学生像我一样在进行这些步骤，老师们对此都深感兴趣，所以在大三时，为我引介了毕业于武藏野美术大学、任职于博报堂的职员。从此每周一天，我在博报堂打工帮忙。

进入博报堂任职是我的愿望。所以大一时，刻意挑选博报堂附近的驾校，因此我早已非常熟悉附近的地理环境。由于已经持有驾照，我很嚣张地自己开车通勤，并获得绘制电视广告计划草图的机会。因为在学校只选修了工得了作坊的课，并且通过进修文案的讲座，让我能在校外获知广告第一线现场的状况。

表面设计，任何人都可行

外側をデザインするだけなら誰でもできる

大三下学期，我获得向博报堂的宫崎晋先生展示作品的机会。宫崎晋是培育出大贯先生、佐藤可士和的创意总监。我对自己的经历相当有信心，暗自窃喜自己又更接近广告一步了。

我带着作品集过去，其中包括大量的海报、平面设计作品。可是，宫崎先生只瞄了一眼，就毫不留情地炮轰批评："无聊透顶！的确有视觉效果，有文案，也有不错的合成作品，但是完全无法打动我的心。这类自以为是的广告作品早已泛滥成灾，没有触动内心的设计，毫无新意。"

我自认本领高强，能够制作出耐人寻味、趣味十足的广告，所以宫崎先生的评语有如五雷轰顶，虽然令我难以服气，却无以反驳。

但是，这番评语让我得以重新思考"广告是什么"。只是外观的设计，人人办得到。可是，广告是沟通，如何制定广告的核心，才是最重要的。

于是，我收起苹果计算机等所有的计算机，决定不依靠任何数字技术，将大一到大三制作的所有海报创意重新整理，在后来的半年中，制作了超过以往数量的海报。

大学的毕业作品，我以“沟通”本身为主题，心想如果能够打造出连接新人际关系的装置，应该相当有趣。我请教及部老师，也和上冈祐司同学讨论，根据富勒法则，将300多片三角形小纸片，组成直径3米、类似网格穹顶的球体。组合纸片的作业，除了上冈同学之外，我还动员了其他大学的熟人，在年末假期时偷偷溜进学校，触怒了学校警卫，在寒冷哆嗦中辛苦完成（顺带一提，上冈同学后来成为造型艺术家，我俩的缘分不浅，后来继续一起为mono°goen°携手创作。）。

我的毕业作品取名为《线条机器》（*Line Machine*）（见卷首插图页X）。观者走到球体的正下方，转动附有画笔的把手，就能够画出线条。上方装置了CCD（电荷耦合）镜头，能够将正在绘图的观者脸部投射到屏幕上。一个人画完线之后，下一位可接力作画，于是线线相连，最后连成了“一幅画”，成了一件不折不扣的沟通工具。

有趣的是，视觉传达设计的老师看到这件毕业作品，表示“如此巨大的立体作品，不是平面设计，无法评分”，所以交给空间设计的老师；空间设计的老师则说“这种不能算是空间演出，应该算是建筑吧”，于是再转给建筑老师；没想到建筑老师指出“应该不算是建筑，而是空间设计吧”。结果我的作品无法归类于任何科系，卡在半空中，谁也无法评分。现在回想，其实从那时开始，自己的作品就没有所谓的“界线”或“极限”。

高中的女校时期也是如此，我从不隶属于任何团体，总是游走各方。这种倾向也反映在我的创作上，我创作出了“存在于此处，却不存在此处”风格的作品。

同时，我深深受到“圆”的魅力吸引。当我望着完成的大球体，不由得觉得“球体真是太美了”。圆周率的计算永无止境，“圆”的魅力永无极限。后来，我在工作上打造了不少运用球体的作品。

距离广告，还差一步

広告まであと一歩

求职面试过程，充满开心的回忆。在前往应试之前，母亲总是提醒我：“先灌杯黄汤下肚，免得紧张出错。”我谨遵母命，豪爽地大口灌下日本酒；我的酒量浅，立刻就有几分醉意，心情大好，所以才会每次应试都欢乐无比。

因为“长年梦想即将实现”，让我满心雀跃。初二就立志投身广告工作，现在终于能够梦想成真，向博报堂或电通的创意人展现自己的作品，畅谈自己的志愿和梦想。每每想到自己即将能够着手制作广告，向世界发声，就亢奋难抑。

面对电通的考试，我放弃了数字制作，以亚克力制作立体的拉洋片，上方先投入硬币，所以在换片时，硬币会当啷、当啷地落下。洋片上画着身体图，串成一个自己的人生故事。透过硬币带动机关，依序阐述人生的故事，最后会出现无孔的亚克力盒，变成一个硬币只能投进、无法取出的存钱筒，光明正大地骗取考官投钱。有些考官甚至乐此不疲，尝试投入五百日元硬币。结果，应试竟然还能赚钱。

博报堂的考题是“法国和日本”主题海报。考试规则只注明了“B2尺寸”，并未标示禁止立体作品，所以我制作了立体作品，外观是一条法国面包刺入相机的镜头中；其他还有当初遭到宫崎先生批判“无聊”、在半年之间重新制作的大量海报。我征用两台两吨载重的卡车搬运自己的作品前往考场。考试规定一人只能发表一件作品，我嫌一件不够，所以我的作品数量引起考场一片哗然，纷纷议论“这个女生究竟是何方人物”。我甚至狂妄地说道：“我制作的作品都无须说明，所以我就不另行说明。”

第一回合的考试之后，我就获得了电通和博报堂的录取通知。大二时在博报堂实习，我请教当时认识的前辈应该如何抉择，他回答：“自己的人生自己决定，忠实顺从自己的心意即可。”

前辈的回答，和母亲在我进入短期大学时的回答一模一样。“自己决定”成为支持我的力量。于是，1999年春天，我进入博报堂。

工作和世界都因“疯狂的人”而改变
仕事も世界も「クレイジーな人」が変えていく

决定进入博报堂，我非常高兴。不过，从事广告工作是我多年来的心愿，所以我并不因此自满。

相反，我自命不凡地认为：“现在的广告实在是无聊透顶，我得赶快开始制作广告。”从电车车厢广告中，虽然能够了解想要传达的信息，却感受不到任何温度，我的内心只觉得广告绝非如此，所以一心只想立刻着手制作绝非此类的广告。

令我深受冲击的广告之一，是我刚进大学时所看到的苹果计算机广告宣传“Think different”系列。

广告的开场白是“这里有一群疯子”，画面上出现爱因斯坦、约翰·列侬、毕加索等象征20世纪的人物，以及广告文案的旁白：“有些人当他们是疯子，我们则视他们为天才；因为深信自己能够改变世界的人，才能够真正改变世界。”这个广告的海报，我一直贴在自己房内的书桌前，不断地鼓舞自己。这支广告就是博报堂制作的。

以往的广告主多半是大企业，例如啤酒、汽车。不过，大贯先生、佐藤雅彦先生当时已经开始制作富士电视台的广告，或是丰岛园的广告，以“游泳池沁凉透心”“世上最糟糕的游乐园”加以宣传。两位前辈告诉世人，即使以往从不曾打过广告的企业，也能够因为“一项创意掀起话题”。

从那时候开始，我了解到广告不限于纸质媒体。最初以为是怪人的及部老师，我从他的工作坊课堂上学习到的事物，以及自己的毕业设计作品中的“感应装置”，种种尚未成形、却迫不及待跃跃欲试的想法，不断涌现，只等着我去实现。

工作坊是设计人的可能性和想象力之地
ワークショップは人の可能性、想像力をデザインするところ

本篇想说明我在学生时期，从及部老师的工作坊课程中所学习到的内容。及部老师的谆谆教诲，深深影响了我的广告创意模式。

事物的最终目的地，在于“确实获得某种结果”。然而起点和目的地之间，有时会窒碍难行，或是在直行无碍的

道路上，因为欠缺吸引力，转往吸引注意的歧路上，所以观点会产生一百八十度的转变。然而，很多事物往往就在观点改变之后，能够发现不曾见过的另一种吸引力。

工作坊就是鼓励参与的每位成员主动发掘还未发现、更具魅力的“地方”，再设法引领自己转回目的地。工作坊是诱发人类向前迈进的隐形力量，设计并建构人类的想象力。所以及部老师说工作坊是一种设计，想要有所收获，需要设计者的能量活力、精密计算和经验。

现在大家常听到“工作坊”一词，我也常接到客户委托举办工作坊；不过大家口中的工作坊通常是“一起画图”，或是“一起烧制陶艺作品”，而及部老师所教导的工作坊，则另有他意。

我举办的工作坊，必须制定确定的目标，向参加成员展现未来的远景，以便建立每个人所具有的能量和意识。

普通的茶杯，也能成为无可取代的纪念

ただのコップがかけがえのない形見になる

再介绍另一种工作坊的想法。

工作坊的其中一位成员带来自己的宝贝物品，大家轮流传看，当物品传到自己的手上时，必须发问“为什么这是宝贝物品？”举例来说，大家轮流传看我的宝贝物品——茶杯。当我娓娓道出“这个茶杯是我和奶奶最后一次见面时，一起聊天喝茶所使用的茶杯，所以深具意义”，这段话会为物品注入无形的力量，当这件宝贝物品传到下一位成员手中时，就会发挥不同的效果。茶杯有了主人的回忆和故事，其他人看待茶杯时的意识会有所改变。

所以工作坊并非只是“大家一起来手作”，而是启发参加者了解传递重要事物是怎么一回事，并慢慢调整成员看待事物的观点和意识。所以工作坊的执行，在抵达目的地之前，其实一直都在绕路而行，绝非简单的随兴创作。

儿童画图工作坊的目的，也不是在白纸上涂涂抹抹就皆大欢喜。如果目的只是在白纸上涂涂抹抹，想必有些儿童什么都画不出来，有些儿童则是整张纸涂满各种颜色，或

是有些儿童轻轻松松就画出一幅漂亮的作品。可是，如果撕开大张画纸，发给所有儿童在规定时间内自由发挥，最后再拼回一张大画纸。如此一来，即使有交白卷的儿童，为作品带来留白空间，也还是能成为一幅与众不同的作品。

其实，画图根本不是重点，而是要告诉那些画不出来或是勉强作画的儿童，自己的作品也能“成为画作的一部分”。这使儿童能够了解画图并非只是将颜色涂满不留白，或是必须画得可爱俏皮才行。使儿童能够体会到表现出自己不会画图也是一种沟通。工作坊是希望通过作品，或是通过想要创作的意识，相互感受了解对方，借此传达并解放自由的意识。

从短期大学转入大学就读时，因为广告科系说明会那天迟到，只好无奈选择及部老师的研究会，现在反而为我的人生带来无限宽广的视野，令我体验到人生的变幻莫测，乐趣无穷。

个性鲜明的前辈所教我的事物

強烈な個性の先輩たちが教えてくれたこと

进入博报堂之后，最初我被分派到制作广告的第一制作部门。当初选择进入博报堂是为了能进入宫崎先生、大贯先生、佐藤可士和先生、佐野研二郎先生、永井一史先生等人所属的第三制作部门，制作平面广告；然而在公司新人研习时，我奉行及部老师所教的思考模式，简报总是多彩多姿，决不低调。所以，公司内纷纷议论："今年有一位新人怪怪的，可能对广告或企划比较拿手，而非设计。"所以才被分派到第一制作部门。

我的预定计划又再次走调。可是，我又因意外而得福。

第一制作部门里，个个都是个性鲜明的人。我隶属的黑须团队领导人是黑须美彦。博报堂设有导师制度，每位新人跟随导师实习训练，我的导师正好是直属前辈。可是我才刚进公司不久，导师就请了长假。

某天，必须向大企业进行报纸广告提案的简报；可是，我的导师请假未出勤，所以还是新人的我代为披挂上阵，和文案一起前去简报。由于大学时的实习经验，我多少了解一些现场知识，然而我从未参与过报纸广告制作。面对第一件不可能的任务，我只能硬着头皮、穿上笔挺的套装，前往大企业公司，向宣传部门进行简报。

一位同事，和我同时期进入公司，隶属第三制作部门，很快就获得赏识，从事企业海报的制作，并获得大奖，海报作品还被贴在墙上，真是风光。反观自己，导师不见人影，坐在邻座的前辈只想当个DJ，时不时地邀我参加DJ活动，不然就是向我推荐专辑。身边尽是一堆怪人。

打造丰田“FunCargo”广告，以及任用娜奥米·坎贝尔（Naomi Campbell）拍摄“TBC”广告的泷泽TETSUYA创意总监，其实也是一位怪人。圣诞节时，他在我的办公桌上摆放绑了缎带的生鸡肉，或是坐到有轮子的椅子上，命令我“我要移动，森本，将我运到会议室”。我遵从他的命令，像是推着轮椅一般，将他推进电梯，再推到会议室。这个团队中，集结了个性千奇百怪的成员。

例如，我的前辈非常讲究用餐。他们坚持“如果没有美食下肚，就没办法设计”，所以下达“禁食便利商店食品”指令。托前辈的福，还是新人的我跟着他们到处享用美食。而且，大家想吃什么，就点什么，毫不节制。等到饱餐之后，看到盘中还有剩菜，就说“森本要负责吃完”，逼迫我清光盘中剩菜。结果，我的体重与日俱增，整整胖了十八公斤。泷泽先生看着发胖的我，居然还笑道：“咱们继续喂食饲料，将森本养成大胖子吧。”

简报是展现梦想的飨宴
プレゼンは夢を見せるおもてなしの場

第一制作部门，并非全员都乖乖地坐在办公桌前，齐心打造提升业绩的海报，反而像是个自由工作者的集会场所。现在已经是名导演的中岛哲也先生，当时是黑须团队的总监，常坐在我的桌旁描绘脚本。这个部门经常有公司外人士进进出出。

因此，广告企划并非单方面由公司掌舵并控制企划的方向，还有中岛先生、关谷宗介等导演也共同参与，共同策划。所以常会分不清谁是真正的公司职员。有位设计师星野芳辉，我以为他是位非常资深的公司职员，后来才发现他是公司编制外的设计师。我的直属导师长期休假、不见人影，所以我向这位星野先生学习报纸广告送厂印刷的方式。其他出入博报堂的人员，例如印刷厂员工、影像导演、摄影家等，都教导了我各项事务。每个人都各有专精，传授给我专业的知识。反而是博报堂的直属前辈并没有教导我太多的实务技巧。

泷泽先生教我简报的乐趣所在。相较于制作，他更乐于在人前进行简报。每次简报，他总是命令我制作小册子，或是构思各种发展实例，或是制作影像，甚至我还得表演布偶戏。

泷泽先生表示："简报是比较顶级的邀约招待，是精彩绝伦的表演秀。"在简报当中，梦想可以无限拓展。顾客的商品是广告的主角，简报就是提供给顾客更多的梦想，展现商品潜藏的可能性，激起热情，鼓舞士气。总之，重点就是如何引领顾客进入梦想世界。

广告的最后阶段——化为实际作品，这当然非常重要，不过仅靠一己之力无法完成，需要大家的通力合作。提供给终端使用者——消费者，购买和使用的商品，则是客户所制造。泷泽先生告诉我，广告人只有简报场合能够展现自己的真功夫。我将其定为行动方针，奉行不渝。

肯定自己一路走来的经历

来た道はすべて肯定していく

泷泽先生引介的艺术总监手岛领先生，或许可以真正算是我的导师。他是第一位愿意放手让我制作时装品牌“COMME ÇA ISM”店内展板和海报的人。

现在回想起来，在研修期间被发配到第一制作部门，其实是“塞翁失马，焉知非福”。不过，也因为我乐在其中，所以才能够觉得自己是何其幸运。如果只是内心充满怨怼和不满，可能就会成为一个痛苦的回忆。总而言之，对于过去的事情和自己的选择，我始终抱持着肯定的态度，从不以对错来判定。

受到黑须团队的熏陶，我对于团队人选也特别挑剔。设计师基本上都是一人独立包办所有工作，其实一个人工作反而简单无碍。可是，在黑须团队中，我见识了并已经习惯了各方人马齐聚一堂，为了一件委托案集思广益。如果任用期待合作的成员，自己更会燃起熊熊干劲。所以，人选非常重要，即使只是坐镇不动都无妨。因为我希望在朝着目标迈进的路途上，和携手前进的同伴之间能够产生各种化学反应，并且共同分享沿途所遇见的景色。

如果是自己演奏这首乐曲时
自分が音楽を奏でられるとしたら

刚进博报堂，尚是新人的时期，周围人大概以为我是一个每天彻夜工作，仍然活力充沛的人吧。面对每件委托案，我总是连夜制作上百种版本，张贴在墙上，等到早上时，甚至还询问清洁阿姨的意见。

每当我在办公室中熬夜赶工时，黑须团队的邻居——青田团队中，总是传来一个男同事大力敲打键盘的声音，实在扰人。从他敲打键盘的声响，我可以感受到他手指的力道，身处在同一楼层，只剩下我和他两人熬夜加班，我实在不解“为什么写封信需要敲打得这么用力”。这位仁兄是一位创意总监，他的大名是松井美树。

黑须团队曾经因故暂时解散。最初，公司还在考虑如何安排我的去处，后来公司改变政策，决定提拔年轻一辈成为团队领导人，松井先生当时年约四十，获选成为团队领导人，我则转编进入他的团队。

这位松井先生突然问我："森本，你知道Mr. Children吗？"待我详细追问之后，才知道Mr. Children的制作人小林武史先生认识松井先生的亲戚，所以前来委托制作Mr. Children的精选专辑广告。主唱樱井和寿因为小脑中风而病倒，暂停了演艺活动，这张精选专辑是他病愈后复出的第一张作品，所以十分重视自己想要表达的信息，打算刊登广告。松井先生接下了这份工作委托。

可是，博报堂在制作大企业广告的方面，经验丰富。音乐方面的经验，只有箭内道彦先生在独立创立"风与ROCK"之前，为L'Arc-en-Ciel（彩虹乐团）制作的广告，以及TOWER RECORD的"NO MUSIC, NO LIFE"。当时，博报堂在音乐方面的经验真是乏善可陈。而且，那时我也几乎没听过Mr. Children的歌曲。可是委托案是团队必须负责制作报纸的全版广告。

然而小林制作人在听过前辈的简报提案之后，接连否决。其中虽然还有文案写手构思的提案，但是小林制作人只说："我们不需要文案，如果需要的话，樱井自己就可以了。"对于满载广告理论的视觉提案，他甚至大吼道："我要的不是这种！""我不要再听简报了，你们都不用再来了！”现场气氛凝重吓人，再加上博报堂的业务人员只是一味鞠躬道歉，惹得小林制作人更是怒不可遏。

在这样的窘境当中，我的提案排在最后上场，松井先生对小林制作人说：“森本还是一名新人，就请您再看看最后一位吧。”我现在依然清晰记得自己颤抖地递上简报资料的场面。

和音乐并肩而行、制作而成的广告简报
音楽に寄り添うようにつくった広告プレゼン

我呈上的两项视觉提案是《水滴》（见卷首插图页Ⅳ）和《防波堤》（见卷首插图页Ⅷ、Ⅸ）。

《水滴》的视觉概念是“解除封印”，我希望读者在翻开报纸时，能有惊艳的印象。《防波堤》的广告视觉画面灵感，来自松井先生制作的日产汽车广告系列“回忆更胜物质”，我原本就非常喜爱这个广告。当松井先生秀出冲绳拍摄现场的照片时，立刻触动了我的灵感。

照片中，在冲绳的天空之下，防波堤上写着“认可”的短诗，还描绘了色彩鲜艳的图画。

在每日生活的景色当中，各有主题歌，会随着自己的生活方式而变化。无论是晴天或雨天，总是有歌曲。当我看到那张照片时，只觉得这些事物或许都是一首首歌曲。

防波堤上既然可以题诗，当然也可以题歌。松井先生和我本来就希望能够打造一支广告，能够像音乐般深深打动人心。所以，我想出和音乐密切相关的广告。

小林制作人非常中意我的两项提案，所以决定都采用。《水滴》使用在报纸上，应该饶富趣味；《防波堤》的风景视觉则适合用于横长形海报，而非报纸，最后决定用在电车车厢内的吊挂广告。

报纸广告的《水滴》照片委托泷本干也先生，后来我也经常与他合作。泷本先生是我在第一制作部门时，经由手岛先生介绍认识的。当时泷本先生还年轻（和我同年），刚独立开业不久，所以应该没有太多广告相关的工作经验。我们两人都是初出茅庐的年轻人，Mr. Children委托案可以算是我们大型案例的处女作。

我们第一次碰面讨论的场所是在新宿的居酒屋。我先告知泷本先生《水滴》将用于报纸上，并请他携带注射器前来居酒屋。等到坐定之后，我们二话不说就在居酒屋的桌子上，摊开报纸，开始实验使用注射器滴下水滴，观察会形成哪种模样。我们观察水滴的实际情况，然后再用真的水滴滴在文字信息上，拍成照片，而非合成的文字和照片。

音乐引领着人和人之间的相遇
歌に導かれて人と人が出会う

制作报纸广告《水滴》的同时，还必须制作《防波堤》海报。我和泷本先生找寻松井先生所披露的照片中，那位在防波堤上题诗绘图的作者，我们希望委托作者描绘Mr. Children的歌词。后来是通过冲绳的岛袋专员协助才找到作者。

防波堤其实位于某医院管辖区内的海岸边。这间医院每年都制作月历，使用窗外风景的图片。医院留有在防波堤上绘图的作者资料，原来是当时仍分别是高中生和初中生的一对姐妹。

冲绳的拍摄计划是两天一夜。我们预定抵达的当天早上，立刻开始动笔描绘；所以搭乘早班飞机抵达冲绳。从机场前往防波堤途中，我戴上耳机，一路聆听Mr. Children的歌曲。进入博报堂任职，担任艺术总监，这是我第一次独挑大梁，而且这趟冲绳的旅伴是同为新人的泷本先生，望着车窗外向后飞驰而去的风景，感觉Mr. Children的歌曲正好唱出了自己现在的心情。

作者之一的姐姐说道：

“最初接到电话的时候，我们开心地流泪了。没想到自己的随手涂鸦，竟然能够串联起喜欢Mr. Children的歌迷。”

歌曲能够为人牵起情感丝线，产生许多动人的故事。

仿佛是歌曲的魔力驱动着，我们才能够来到冲绳，我的内心澎湃不已，在前往防波堤的路上，不由得感动地落泪。

作者之一的妹妹说道：

“我想用食指蘸颜料，一边感受疼痛，一边描绘歌词。”

不过镜头无法捕捉到疼痛，而且以笔作画，或是以指作画，画面也无法呈现出两者的不同。即使如此，我还是接受姐妹想以这种感受作画的心情，同意她们以指作画。防波堤的水泥会导致手指脱皮。不过，画到一半时，医院的人、姐妹的朋友都前来协助，结果所有工作人员都以指作画。

在太阳下山、天色暗黑之后，当地的居民则以车灯照亮防波堤，以提供条件让众人能够继续作画。绘画作业直到夜深，才终于大功告成。画完之后，我们预定翌日早上进行拍摄，所以先回饭店用餐。没想到半夜突然下起倾盆大雨，本来以为颜料是油性的，应该没有问题；在询问确认之后，才知道颜料是水性的，我们急忙赶到防波堤旁，发现当地居民已经盖上塑料布保护画作。一股暖意不禁涌上心头，一件作品竟然能够获得这么多人的鼎力协助，我真是既开心又感动。

广告的呈现是一瞬间，其中刻画的过程却是永远
広告は一瞬、しかしそこに込められた過程は永遠

翌日早上，雨停之后，我们准备进行拍摄。但是，泷本先生却说："必须等云都散开了。"于是，痴痴地等了一天，我们终于拍到一张，制成海报。泷本先生认为与其拍摄感性照片，不如拍下蔚蓝的天空，再加以设计。他将用底片拍摄而成的照片，刻意使用数字输出，剔除无谓的感

性，展现一片无垠蓝天。

这次的制作过程如此感动人心，所以我觉得更需要扎实的设计，自己必须全程负责，直到完成作品。

最后的印刷程序，我也亲赴现场监督。虽然，报纸广告的印刷时间是在凌晨三点半，我仍然前往位于品川的印刷厂。我似乎是第一个愿意亲自到场的艺术总监，所以印刷厂大叔特别卖力，并告诉我“如果背面的报道墨色过深，印出来就不漂亮了”，所以将背面的墨深调降了两成。凌晨四点，当我拿到印刷完成的报纸时，感动得号啕大哭。回到家之后，我根本无法入睡，一直引颈盼望着日报派送到家。

印刷《防波堤》的海报时，我也亲自到场。海报张贴在全国主要的交通枢纽，不过，冲绳并没有张贴交通海报，所以当时在现场协助的居民无法看到成品。于是我自掏腰包，带着海报飞往冲绳。泷本先生表示也愿意同行。抵达那霸机场时，前来接机的姐妹，一看到我就立刻放声哭泣。我询问了原因，才知道描绘在防波堤上的歌词，被视为涂鸦，全部遭到抹消。

其实，广告和音乐都是瞬间消失的事物；然而广告所传递的信息，在这件委托案中，将永远保留在Mr. Children的CD当中。因此，即使歌词遭到抹消也无妨。

后来，某市曾经委托："为了振兴观光，请再画一次同样的图。"我拒绝了。因为我认为广告不是适合留存的事物，也不应该作为观光目标。在那道防波堤上画下的歌词，已经确实地刻画在每个人的内心当中，在那个瞬间，我完全信任那对姐妹，也知道这种相遇，自己一人是无法独力创造的；因为在那个时刻、那个瞬间，融合了无所取代、仿佛魔力般的事物。

后来，我和那对姐妹一直保持着联络，甚至因为这段缘分，我有幸前往冲绳县立艺术大学，站上授课讲台。

这张海报和后来Mr. Children的专辑*It's a wonderful world*车内广告，都获得东京艺术总监俱乐部的ADC奖。第一次获奖，我当然开心无比。不过，委托业主、曾经参与的人也为我获奖而高兴，我才体验到原来这种感觉竟是如此美妙。这次的工作成为我对广告的信念基准。

当时，那对姐妹说道：

"当有所行动时，想要动手画，想要表达，这一连串的过程或许才是最重要的。"

广告和人类都需要培育。所以，创作人重视制作的过程，必须懂得诚实面对自己，并坚信自己全程细心制作的作品，即使无法打动所有人，但是一定会留存在某些人心中。这份工作，让这个想法深深烙印在我的脑海中。

从此以后，如果委托案的制作过程毫无想法或感动，我决不承接；当然，这项原则将继续坚持下去。

4. 追求名副其实的真正事物

本物の追求

从耕土着手，从根改变

土から耕し、根っこから変えていく

我认为所有事物的“未来藏在土壤中”。

重点不是在枝叶等肉眼可见的部分，而是前半段的发芽环境。土壤的耕耘，扎根、深耕才是最重要的。

所以，当我参与成立kurkku的设计时，希望餐厅或咖啡店能够认识食材生产者的脸孔。当时负责监制kurkku Kitchen所有菜色的总主厨神田裕行说道：“未来藏在土壤中。”我深有同感。

环境培育人，植物也是同理，土壤的状况不佳，就无法健康成长，无法尽情伸枝展叶。所以想要美好的未来，就必须拥有强健的根部。我在制作广告时也是相同，如果厂商不改变想法，投入再多再好的广告都无法改变现况。

尤其是广告的执行期间有限，通常设有一定的时间。即使广告效果留下良好的印象，然而如果下一位负责人改变做法，则又归回原点。宣传表面可见的部分，就只像是“牙齿的银牙套脱落了，再重新安装更精良的银牙套”罢了，因为问题根源是牙龈，治疗牙龈才是根本解决之道。所以，我总是告知对方“要先从牙龈开始治疗”。不过，要从根本改变，必然耗时耗力，不过为了将来着想，我愿意助客户一臂之力。

因此，客户明明只有委托广告设计，但是对于宣传的阵容、对方的心理建设、商品本身的特性或单价等，我总是忍不住表达自己的意见。于是，委托案件本身不再只是他人的事，客户公司的商品变得像是自己的商品，让自己更能和客户拥有同理心，并衷心希望推销这项商品。如此一来，每件工作都能功德圆满。

北九州岛市的到津之森的动物园委托案就是一例。最初只是动物园邀约在画廊空间举办个展。这件邀约缘于某次对谈，我认识了岩野俊郎园长。在谈话当中，对于园长的“人和动物的共生共存方式”“自然”“地球环境”等想法，我深有同感。因为这次对谈的缘分，我获得在动物园举办个展的机会。然而，我不想单纯举办个展，还希望深入探讨动物园的存在意义，在园中举办不同于以往的交流活动。于是，我想出主题是“动物园/可行可做”的“动物goen°”企划，整理归纳出30项企划，汇集制作成书籍形式。后来，我甚至参加了动物园和市民的会议，以交流人员的立场，参与思考动物园的未来发展方向。

最近，地方政府的委托案件增多，有时会遇到如何造镇等会议或提案。由于是造镇和空间的提案，其他参与的创意人多半是建筑师；我的提案则以城镇居民的生活交流活动为主题，强调“舒适”“好奇心”“感性”等重要性。2012年，隈研吾在新潟县长冈市建造市政厅广场“aore长冈”，我负责艺术工作和工作坊，并在2014年获得日本建筑学会业绩部门的奖项，据说艺术总监能够获得这个奖项是罕见的特例。我只觉得自己的“界线”似乎越来越模糊了。

思考人类，想象未来
人を想い、未来を想像する

2008年三菱地所的《想象力会议》的广告委托案（见卷首插图页XIV），也是一件从内部改变的工作。这是和儿童“一起打造以未来为主题的城镇”系列，我们举办工作坊，邀集百位儿童集思广益，想出各种创意和企划。所以，企划人员都是儿童；最后邀请平面设计师田中秀幸制成CG（计算机图形），转化为实际的设计形式。

每个月举办的“coen°”（见卷首插图页XIV）是邀集儿童参加的工作坊。其中，一位参加工作坊的六岁男孩说“制作流星很简单啊，使用大大的厚纸箱做成星星，然后拉开一根大橡皮筋，厚纸箱星星就会咻地飞出去啦”；或是“闪闪发亮的道路也很简单啊，将糖果纸贴在道路的各个地方，再在家里点灯照射，就会闪闪发亮了啊”。听完他的想法，我真心觉得如果能够实现一定很精彩。儿童工作坊为我启发了三菱地所的创作灵感。

儿童的各种想象力不因成长而中断，所以城镇一定会更加美好。相信想象是一种无限自由，才能够诞生真正美好的未来。

三菱地所打造城镇街道，是一间为人类着想、重视人类想象力的企业。所以打造城镇街道，为了广告而举办的工作坊，不仅儿童参加，当时三菱地所社长以下的员工，例如营销企划人员、设备人员、安全警卫等跨部门员工，都参加了这项“想象力会议”。

“思考力”是打造未来城镇的构想力，也是考虑人类生活的洞察力，更是打造全新价值的创造力。通过这些概念，以人为核心，而非城镇，大家如同在过家家酒一般用设计来打造日本。

大人和儿童一起想象未来。《想象力会议》不仅被制作成广告，更彻底改变了众人心底的想法，连接到未来。三菱地所是一件充满乐趣的委托案。

我参与的广告系列已经结案。当时的社长也已换人，并制作了全新概念的广告。我觉得好不容易培养出的“枝叶”，实在不应该被无情折断，而应该在参与人士的那片心田中慢慢耕耘，深植扎根，才能够连接到未来。如此一来，即使自己不再参与相关工作，那片土地仍然能够继续培育人才。

无论委托工作是什么，我是创作人，同时也是商品的消费者。所以，商品和企业能够朝着良好的方向迈进，也能够让我的将来更为美好。

深信不疑的信念是撼动人心的力量

信じる念が、人の心を動かす力

相信想象力，在于是否相信看不见的事物。有些人会划分“梦境和真实的界线”，我认为这是错误的。我认为相信看不见的事物，才能够打动人心。

对我而言，梦境的原点就是圣诞节。直到如今，我依然相信世上有圣诞老人，在这个分享无偿的爱和喜悦的节日主题当中，通过歌曲、绘本、圣诞树等各式物品，全世界的男女老幼都能够参与，实在伟大，令我既敬佩又嫉妒。

为了可口可乐的圣诞节宣传活动，海登·珊布（Haddon Sundblom）画笔下的圣诞老人，表情和动作打动着全世界每个人的心。虽然是广告的策略，但是相信世界上真的有圣诞老人，就能够和其他人共享这种温暖人心的氛围，这支广告也让可口可乐更贴近生活，更有亲切感。

广告是“枝叶”。如果只是一口否定“世界上怎么可能有圣诞老人，那只是可口可乐的策略”，就不可能冒出新芽。必须怀抱希望，才会冒出新芽，进而伸枝展叶。

无论是飞机还是苹果手机的诞生问世，都是因为有人想象如果能够有这种物品该有多好。人类是聪明的动物，只要内心深信不疑，就会研发相关技术。但是如果不相信，则不会有任何事物诞生。

同样道理，如果共事的宣传部门人员或是制作人员都不相信，则绝无可能实现。可是，如果大家相信梦想或是尚未显现的事物，例如“如果能够变成这样就太完美了”“专辑大卖，然后再举办这种演唱会就心满意足了”“如果这时能有奇迹出现，客户皆大欢喜，那就太圆满了”。唯有内心深信不疑，愿景才能够实现。

如果不相信，成品就会虚假不真，所以我经手的企划，我比任何人都相信“如果能够如此就太美好了”。因为深信不疑，身体就会随着意念，进而行动，更能了解商品的魅力所在。心想事成，人类的信念拥有庞大的能量。所有事情的开端都始于相信，无论是投石问路的广告，还是虚幻梦境般的广告，我只希望打造更多的作品，让大家相信，并进而起身行动。

我制作过Mr. Children、柚子、ELEPHANT KASHIMASHI、坂本美雨、Salyu等音乐人的专辑封面，每件委托案都乐趣无穷，因为这些音乐人都相信自己的音乐。

这些音乐人相信音乐，所以全力以赴，一心只希望尽快让所有人听到自己的音乐。从来没有一位音乐人说："我对这张专辑毫无信心，所以请设法在专辑封面多花些心思。"他们甚至相信即使没有封面，只要有CD片、放进透明盒中就能卖得出去。因为他们怀抱信念创作音乐，对自己的音乐信心满满，所以相信能够销售专辑，传递音乐到人们心中。因为他们衷心想要散播自己的音乐，所以能够打动人心。道理简单易懂，且是无以撼动的事实。

重点是"埋于土中的根"
大事なのは「目に見えない根っこ」

然而在企业当中，许多人都不相信。特别是大企业，员工并非努力打拼"自己的工作"，只是负责许多环节当中的一部分，必须担心"主管的评语"或是其他人的立场。所以设计人员缺乏自信，只能检查是否有疏漏，多是采取安全无误的想法。

然而，无法全心相信"这个味道绝对好吃"的话，不可能调理出令人吮指回味的味道。剔除不安的要素，只能做出平庸无趣、索然无味的事物。可是如果全体人员打从心底相信这件商品魅力无限，商品就能够人见人爱、广受欢迎。因此，一开始就必须相信“无论采用哪种方法都一定能够大卖，绝无问题”。相信，就能有所成就。

打造企业商品广告时，我都全心全意地相信商品的魅力，而且绝不吝啬出声夸赞。如此一来所有人的情绪跟着高涨，大家也渐渐相信“公司的商品真的不错”，全体人员同心共志，并且斗志满满。如此一来，到了拍摄现场时，大家就更能进入状态，相信自己一定办得到。

相信，投注热情创作，完成后则冷静审视
信じ、熱くつくり、仕上げでは冷静になる

在大家深信“土中埋藏着肉眼看不见的深根”时，我的情绪就会转为冷静，从各种角度审视广告。

工作开始之初，我会相信自己的直觉，整地扎根，为商品注入信念。等到大家都士气高昂、整装以待时，我就会化身为“顾客”，检视方式是否真的妥当。有时候，我会重新改变编辑方式或设计，有时则大刀阔斧地删减，所以

常常吓坏所有人。不过，我通常只是修改表面，仍会保持核心根部。

专业创意人的重要准则是“深信不疑，但是在制作阶段必须保持冷静”。

常有美术大学的学生请我评价作品，但是那种自我主张或想法过于强烈的作品，常令我看得很不舒服。想法坚定、深信不疑当然值得赞许，然而过于强烈，则令人觉得“难以接受”；如果只感受到“我是努力的”，肯定无法表达出广告的信息。

请各位千万不要误会，创意总监并不是随性表现自我的艺术家。创意总监的工作是参与整体的概念制定，在有限条件之下，设计所有相关程序，协助客户谋求最大利益。例如锁定商品的目标消费者群（营销）、设计销售方式（宣传）、制定合理的销售价格等。

因此，创意总监必须感受和整理顾客的希望，然后发挥自己的想象力，善于运用简报传达自己的想法。为了具体完美地呈现想法，还必须具备沟通能力，和摄影家、影像作家、音乐家等各领域专家交换意见，最后还必须具备统筹整合与拓展各项结果的能力。

换句话说，画图只是输出想法的一种手法。并非品位出众或擅长画图就能够成为设计师，仅靠自己的创意或艺术风格，广告是无法成形的。我非常了解图画能够强烈唤起人类的感受，所以深信绘画的力量。可是，其他能力也需具备，尤其必须懂得沟通，才能够描绘出具体的商品或抽象的企业理念，甚至还能从商品发展出整体观点，设计出传达给当代人的作品。

我所了解的创意总监是能够设计企业的人生，描绘出未来的愿景。所以，不仅是设计成品，还要设计制作过程（人才教育、概念修正、媒体选择和企划），参与商品和企业的关键部分，最后还要考虑接收广告的人们。种种事项，当然需要理性冷静（客观性）。

观看广告的观众有千万种，可能居住在东京都会区，也可能居住在乡下；可能是热情积极的人，也可能是寂寞孤单的人；有独居的人，也有和家族人同住的人。因为观众有千万种，所以在最后的阶段创意总监必须化身为观看者，而非制作者。

如果广告能够发挥作品本身的力量，当然最为理想；然而，创作者的意志和力量不能直接呈现于外，而是伴随在作品当中。

即使如此，常有人反映道："我可以认得出这是森本小姐的作品。"或许是因为我从"土"、从根本上去参与的关系吧。

首先想象"想画什么"
「何を描きたいか」からイメージする

画图时应该如何处理呢？当我描绘自己的作品时，我一定全力发挥自己的能力和想法，因为我认为"有些事物只有在当下才能画出"。最差劲的情形是描绘"似像非像"的图画。图画必须是"独创"。

制作松任谷由实的*POP CLASSICO*专辑封面（见卷首插图页Ⅲ）时，发生了小麻烦。封面由图画及文字构成，这些图画及文字都是组合了实际拍摄的照片以及我的图画。不过在最初的简报提案时，是使用拼贴和我的图画。因为是拼贴，所以裁自某杂志的一部分，以及某写真集的女人身体部位。

"拼贴是否属于独创"原本就争议不断，尚无定论。在拼贴的阶段，对于松任谷由实的服装打扮和姿势，我早已有清楚的造型想法。所以，拍照用的服装是根据我自己的想法特别定制的。在草图阶段，我根据脑中的想法，组合照片，制作造型。因此在这个草图阶段拼贴出的女人身体部位，似乎类似某些作品，所以有人质疑“这是模仿吧”。可是，那些都只是“材料”而已，这种指控就像是厨师还未端菜上桌，在搭配食材、加盐撒胡椒的调配阶段，就遭到“这是模仿吧”的批评。

所以，我认为自己需要具备“画图力”。下笔时首先思考决定“画什么”，而这个想法来源必须是独创的，前所未见的。当然，表现想法所使用的材料和颜色则是现成事物。

有些人非常擅长表现出“外国的某种风格”，但是不同于当地人从小从零学起，根基和结构怕是难以比拟。请勿想着哪种外形比较讨好，或是制作看似某种风格的物品，而是必须自信这种形式可行，并懂得如何琢磨修正，这种感性就是基础能力。拥有基础能力，才能够产出独创风格的图画。

名副其实的真品会成为自己的体验

本物の衝撃が自分の体験になる

基础能力是什么呢？或许可以说是素描能力，但不是指线条笔触，或是拥有灵巧的双手，而是“画下的线条”能够深具说服力。

绝对的感觉、距离感、洞察力，漂亮的图画不是全靠素描能力，而是能够捕捉到当下存在的事物、空气、光影的能力。而且在闭上双眼之后，或是在其他场所，也能够回想出来。

这个过程就像将脑中的想法运用黏土呈现。

虽然我还不够资格批评，但是世上存在着许多只有单调平面、缺乏扎实根基、中看不中用的设计作品。可是，同样是平面，例如活字，有些设计就能深深感受到作者的厚实根基，同样的印刷墨水，其中的差异却显而易见。

任何事物都必须从整地、扎根做起，才能够成为不怕火炼的“真金”。不是只有美观漂亮的外表吸引人，即使丑陋不堪，或是目标对象是儿童，是有趣也好，低俗、恐怖等都无妨，只要是“真品”，我都喜欢，无关是否畅销。

这种想法年年增强，我知道自己还没有打造出任何“真品”，所以才更拼命努力，希望能够创作出真品。正是这个想法和欲望才孕育出现在的自己。

环境能够培育一个人，也能够培育出“真品”。所以，首先必须打造“懂得判别真品”的环境。此外，还必须追求真品、接触真品、看过真品，否则如何能够识别真品?

真品会为人带来冲击，就像是跳入海中，受到海浪的冲击。艺术也是同样道理，接触到真品的瞬间，可能感到沮丧难过，或是衷心欢喜。如果不持续体验这些感受，自己的作品将徒具表面外形，就缺乏内涵。

经历多次失败，才知道何为真品
幾度もの敗北を重ね、本物を知る

接着继续谈谈如何辨识真品。

前几天，我和松任谷由实前往奄美大岛。我俩走进山中时，正好看到昆虫在交配。昆虫身上的花色漂亮极了，就像是巧妙细腻的平面设计图案，我俩都看得出神。其实，花朵等植物也是如此，大自然创造出的颜色和外形，美不胜收，每每令我惊呼赞叹。最近，我很喜爱一本摄影集，名为*NATURAL FASHION*（DU BOOKS出版）。摄影集中是非洲少数民族穿花戴叶、身上画满图案的人像照片。其中有几张照片是他们混在大自然当中，人身上所描绘的点和线，融合在光线照射的植物之间，完全无法看出哪些是人，哪些才是真的植物。为了在大自然当中生存，他们在身上和脸上画了相似图案的行为，就好像昆虫，我认为这就是诞生于大自然的真正艺术，就是真品。遇见这些如假包换的真品，我总是觉得自己永远无法超越。在奄美大岛欣赏昆虫时，我和松任谷由实在一边讨论真品究竟为何物。创作如果“看起来像是人造花”，很容易一眼看穿。所以，为了培养辨识真品的眼力，就必须亲眼见识真正的大自然，接触大自然。

前几天，我和鹿儿岛菖蒲学园的校长聊天。菖蒲学园因为发现残障人士的创作深具魅力，所以主办各种以艺术音乐为主的创作活动，成为一间支持残障人士的机构。残障人士们所创作的艺术音乐真的令人惊叹。可是校长表示，他们的创作并非具有某种确定的想法。例如，你若询问一直在刺绣的儿童：“正在做什么呢？”得到的回答永远都是“正在刺绣”。如果追问：“这是什么样的刺绣呢？”得到的答案仍然只有“没什么，我就是在刺绣”。平常人总是抱着某种目的，想着“应该如此刺绣”；然而，菖蒲学园的学员只是想着自己“正在刺绣”，其实这是最幸福的。如此单纯无杂念的方式，也是近似大自然。

如此想来，并非残障人士有所欠缺，而是一般人过于充足，总是想往身上添加各种事物，结果变成像是“擅长设计的工具”。

真品的确就是不一样，如假包换，令人惊叹。每每接触到“真品”，总令我觉得自己已经江郎才尽，再也无以为继。当我遇见横尾忠则、黑田征太郎时，觉得自己根本就是庸才。无论是艺术、音乐还是人，真品总是单纯澄净。在真品之前，总会暴露出自己的不成熟，有时候难以接受，有时候接受现实，却得暗自咽下苦涩的失败感。

可是如果从来不想遇见真品，将永远无法遇见，则只会满足现况。所以必须心存追求真品的态度，即使遇见真品，饱尝失败感，但是唯有如此才能知道什么是真品，才能够打造出真品。这些体验都会成为基础能力。

坚定意志，贯彻到底，才有资格称为专业
最後の最後まで貫く意志を、プロフェッショナルと呼ぶ

再说一个故事。前几天，我和葛西薰共进午餐，请他协助本书的装帧。当时，葛西先生所说的话相当耐人寻味。

“论及工作，‘现在正在想’是第一阶段，‘现在正在思考’是第二阶段，‘现在正在做’则是第三阶段。”

当天，葛西先生告诉我不少工作上发生的故事。葛西先生制作的*UNITED ARROW*广告宣传，起用意大利画家兼影像作家占路易吉·托卡方多（Gianluigi Toccafondo），我非常喜爱这个广告。葛西先生在制作这个广告的一年间，婉拒了其他工作，严肃认真地面对每次的讨论，全心专注在这项工作上。那时我的工作正好需要使用动画，所以我询问这支广告所使用的绘画作品的数量，葛西先生答道：“我从未计算过，不过如果将画纸从地上堆叠起来，应该有一米高吧。”然后又继续兴奋地说着托卡方多的轶事。

我终于知道全心投注在一件工作上实在不易，也明了

热爱工作究竟是怎么一回事，更知道无法同时兼顾多件工作是什么情况。我不禁自问，自己是否已经变成像便利商店或是家庭餐厅，提供各种杂七杂八的服务。顿时，我感到自己必须全部从头来过。

当时刚好为了2020年东京奥运会标志的竞稿，我必须提出作品。创意和后续的应用发展，我已经想好底案，我只需具体呈现出脑中创意即可。于是，一如往常，我亲手绘图，然后请设计师以计算机制成平面设计，完成几项提案。可是，商请周围人士提供意见时，大家的喜好都各不相同，意见相左。原来是每项提案都有所不足，没有一项提案是令人一见钟情，完美无缺。

真正的艺术总监是本领高强的工匠
本物のアートディレクターとはものすごい職人

奥运会标志的竞稿不是任何人皆可参加，必须先经过实力经历的评鉴，才能获得参加权。参加竞稿的设计师个个都是峥嵘一方的人物，能够和崇拜的前辈同台竞争，我心存感激。和葛西先生聊天之后，我才惊觉自己专注一件事情的态度有所不同。我思考自己究竟欠缺什么，发现自己原来是缺少“决心”。

葛西薰先生也是艺术总监，所以我们不可能共事。因此当我说“我喜欢葛西先生的设计”时，只是一种个人喜好，就像是和喜欢的歌手见面，心中只有仰慕之情。可是，奥运会标志的竞稿，无关年龄和经历，所有的设计师都站在同一土俵竞赛场（译注：即日本相扑比赛时的场地），奋力争取胜利；所以对设计的热爱，过往所有的设计经历，都摊在同一平台上，接受公平的评判。我觉得简直就像是身上只剩下一件泳衣，被抛入茫茫的大海之中。我终于真正感受到参加奥运会标志竞赛究竟是怎么一回事了。

投入全心全意、一笔一画亲手描绘，这才是如假包换、真正的艺术总监，就像是投注全部心力在一件作品上的“工匠”。我根本还未达到工匠的境界，我必须从这点开始做起，我根本还未达参加竞稿的资格。葛西先生全神贯注、全心投入一件工作的意志，和我根本是天差地别。

设计也需要运动精神

デザインにもスポーツ精神が必要

后来，我和朋友聊天，谈及运动选手平日努力锻炼，就是为了一决胜负。比赛的时候，如何在瞬间发挥最大实力，就是运动选手努力的目标；自己做了多少努力，或是自己想了哪些事情，总之结果说明一切，而结果则来自超乎常人的努力。所以，友人对我说："千绘的设计可能缺少运动精神吧。"

仔细想想，我从事冲浪运动，了解到亲身体验的重要性，以及对精神锻炼的影响；此外，我也领会到身段柔软这项道理。不过，我从未体验过运用身体竞技，一决胜负。运动会开始前，总会宣誓"我将秉持着运动精神，勇于参赛"。但是自己似乎从来没有"勇于参赛"。无论是个性气氛、森本千绘的品牌打造、周围人士等，我处于习以为常的世界当中，成长过程备受宠爱。然而，当抛开或者在接纳他人、坦承自己的时候，我察觉到自己内心或许缺乏这种勇于参赛的胆量。我可能已经做到葛西先生所言的"想"和"思考"，但是还未做到"痛苦挣扎地做"。以往的每件工作，乐趣无穷，我也投注了许多努力，认真看待；不过，这次促使我重新审视“超越常人的认真”。

这番领悟提醒自己创作的瓶颈，因为我的“创作力”还未达到专业境界。但是，我想要“创作”，但是不能“先做出”就行。我真心、渴望地想要创作彻底属于自己DNA的事物，不希望有一丝一毫的偏差，而且纯净完美。

葛西先生的作品和他本人都非常柔和温暖，但是兼具韧性，这种韧性来自他了解所有事物的创作和选择，都是自己的力量和意志。无论他人如何评价，或是一般多数的意见为何，只要了解自己的判断是正确的，便毫不犹豫地提出。所以，葛西先生才能总是待人沉稳亲切。

和葛西先生的一番谈话，我获益良多。而且当我回首思考的初衷，感受更深，葛西先生真的是一位了不起的人物，我只能望其项背，正因为如此，我更需努力。

但是，我非常害怕。今后的际遇，无论是受人吹捧，还是获得周围人士不吝出手协助，我害怕必须“一个人”创作或抉择。“只有我自己一人”令我恐慌万分。

不过，选择前进或后退，我只能选择其一。而且，未来是“无限期”的。所以，我告诉自己“这股意志力不能有期限，必须永远持续”，决定继续向前迈进。

每天早上，我五点半起床，然后散步、跑步，七点返家之后，打开家中所有窗户，开始创作。或许这可以说是从“兴趣冲浪”升级到“专业冲浪”。专业的定义说法不一，有人认为能够获得金钱回报，有人则认为能够获得指名的工作委托。可是，兴趣与专业的分水岭，在于能否全程以自己的意志完成。

在这股意志力之下，创作如同冲浪一般，令人心情舒畅，是一种理想和现实身体合而为一的快感。这种感觉无以言喻，但是我深切感受到身心共同努力所带来的变化。

我不再给予“差不多这种氛围”的指示，请社内设计师进行平面设计，而是自己一次又一次地描绘，就像工匠一般，以铅笔在画纸上画到最完美的地步。直到最后的最后，才麻烦设计师“这里沾上脏污，修正此处即可”。所有的企划书和文章都附加指示说明书。

奥运会标志原本是以计算机制成的平面设计图，我耗费了12小时，使用鸭嘴笔一笔一笔亲手绘制，自己都不禁佩服这股精神集中力，但是我非常享受全神贯注的时刻。

制作标志时，我想到“奥运选手在跑步时，是没有经纪人或工作人员陪伴的啊”。选手都是独自游泳，独自跑步。这项奥运会标志的邀约不是针对goen°，而是以“森本千绘”的个人名义参加。员工都鼎力协助，我知道他们都是专业人员，将我的绘图一个一个地置入计算机中，令我轻松不少。所以，我不断修改，直到自己认为完美无缺。我投入了百分之百的心力，加上员工的协助，甚至有百分之一百二十的感觉。

藏在感动人心事物中的事物

「グッ」とくるものの中にあるもの

改变心态之后，每个人都觉得我的作品截然不同，能够立刻打动人心。大家都被我亲手制作的作品深深感动。

过去，我曾见过仲条正义先生设计的标志，他和葛西先生一样，也是一位平面设计师，他的作品能够立刻打动人心。明明都是以打印机打印，难道是他的纸质特别不同？明明都是同样杰出的企划，为何他们两人打造的作品能够立刻打动人心？真是太不可思议了。最后，我终于了解了设计打动人心的核心所在。

了解之后，点醒了一直低头向前冲刺的我，成为我的转折点。而且，我还能和从小梦想参加奥运会的选手抱持着一样的决心，参加竞稿，一决胜负。

从小我就喜欢“认真”和“如假包换的真品”。因为其中的内涵深深吸引着我，成为我的憧憬和梦想，想要达到那种境界。直到现在，我才终于有站稳脚跟的感觉。但是，接下来才是辛苦，因为在死前，我的决心没有期限，所以唯有尽力一搏。

5. 个人的世界观

私はこんなふうに世界を見ていた

裁缝工房是我的画室

テーラーが私のアトリエ

本章来谈谈从小到大的环境，如何塑造成现在的我。

我是独生女，父亲在东京工作繁忙，所以童年时，我常被寄养在祖父祖母家。祖父和祖母居住在青森县三泽市。

上幼儿园时，我就读于东京塞尔思恩（Salesian）教会的塞尔思恩幼儿园，寒暑假时则住在青森。青森的祖父祖母家，周围是一片天然草原，我总是和邻居家的男孩子满山乱跑，唱歌、钓鱼、入河下海，玩得不亦乐乎。

祖父教我："重要的事情要以颜色和音乐传达。"他是中国台湾人的后裔，经营裁缝工房，专门缝制绅士西服。裁缝工房中常常夹杂着说英文、中文和日文的各色客人，还有一捆捆的西服衣料，这就是我童年时期生活的场所（见卷首插图页X）。

祖父总是给我一些零碎布头作为拼贴的材料。裁缝车旁掉落的布、缝线，我都捡起来放进盒中或瓶中，或是像折纸般在布上涂糨糊，拼凑成图。现在回想起来，这间裁缝工房算是我的第一间画室。工房壁架上摆满了各式各样的布料，颜色丰富，光是蓝色就有各种色调，闪闪发亮的蓝色，暗沉厚重的蓝色，绝不像十二色蜡笔只有天蓝，我不仅记住了布料的质感，也同时记住了颜色。在进行松任谷由实的工作时，周围的人都说森本千绘的设计特征就是“颜色”。很多人都说我的色彩捕捉方式很奇特，或许是因为我同时能记住质感、触感和颜色，所以，对于一件物品，我能够捕捉到各种不同的颜色。

读小学三年级时，暑假作业是我和裁缝工房师傅一起制作的绘本。故事是叙述随着流星掉落海中的星星国姐妹，获得海豚父子的帮助，终于得以返回星星国。祖父是绘本的综合制作人，我描绘草图，缝纫师傅帮忙上色，然后母亲用吹风机吹干。这个时候，我已经和许多人一起创作。

在青森的大自然当中我玩得满身泥泞，动手做东西，亲身体验许多快乐无比的活动，然而我却记不清在东京的童年生活。

因为，我不知道为什么要诞生到这个世界上，所以我是个毫无主张、整天发呆的孩子。不过，我唯一记得的事，是自己一直盯着掉落在房内角落的饼干，然后全部捡起来，排列得整齐漂亮。这样行径怪异的我，在幼儿园遭到了欺负，就是我唯一的记忆。我没有朋友，也不喜欢和幼儿园同学一起玩耍，所以我都在厕所吃便当，到低年级生玩耍的地方晃荡，但是只要看到同年级学生走过来，就会躲到滑梯的后方（见卷首插图页X）。

我的童年时期，就在三泽和东京两地来回往返，也在两个不同的自己之间来来去去。在我的心中，一个自己是如果无法亲身体验、记忆，就觉得无趣且无法相信；另一个自己则是脑中深知如果没有仔细注意社会的状况，则无法存活。两种不同的环境体验，造就了不同的我。

促使我的细胞接触诸多事物的父母
私の細胞に多くのことを触れさせた父と母

因为经常被寄养在三泽，所以我的双亲从不吝于给予我亲情的温暖。

只要是我想做的，父亲从未说不（见卷首插图页X）。例如我想放烟花，父亲就会买下玩具店中所有的烟花。总之他从不吝啬给我一切，也从不吝啬给予我褒奖和赞美。无论他多么忙碌，只要会成为家族回忆的活动，圣诞节、生日、新年、运动会等，他一定会陪在我身边，给我留下了许多美好的回忆。虽然他平常不在家，但我的手边留有父亲写给我的信，超过2000封。从孩童时期开始，每天早上，他将传真纸或稿纸对半撕开，变成A5尺寸，在纸上写下想要告诉我的话。我们是父女，父亲却写着："某某花开了，最近好吗？"2014年，我结婚出嫁，离开父母的身边，但是现在有时候回娘家时，仍会收到信，写着："结婚生活不容易吧？但是两人要快乐过生活喔。"母亲总是将这些信对折之后，放入拉链密封袋交给我。现在这些信都放入goen°夹中保存，纸张都还留着展信后的对折痕迹。

父亲总是开心地接下我自制的贺卡，小心翼翼地携带外出。时至今日，他的公文包中，还放着许多我从幼儿园时期送给他的生日贺卡、父亲节贺卡等，他每天都带去上班，所以公文包越来越厚重。

小时候，父亲是经纪人，培养出泽田研二、吉川晃司等著名演员、歌手。望着父亲忙碌的身影，我一点也不想从事这类工作。可是，父亲曾经带着我出入艺人的拍戏现场或自家住宅。在艺人的家中，我很自然地像在学校或自家一样，开始绘制录音带封面、CD专辑封面，或是描绘服装。我想音乐或演艺是在不知不觉之间渗入了我体内的细胞。

后来，我从事设计工作，同样也像是商品的经纪人，必须让著名演员、歌手的道商品，打造品牌。在石原里美拍摄《组曲》广告时，我的感受特别深刻。我必须考虑石原里美“看起来如何”“将来应该如何”，再精准设计发型、外形氛围等细节。其实根本就像是管理监制打造一位艺人。或许透过设计，我其实是在追随父亲的脚步。

goen°是和父亲一起创立的公司，所以未来的巨大梦想就是培养出像昭和时代的泽田研二般、所向披靡的著名演员、歌手。

母亲也为我提供了许多模板，不过并非现实事物，而是藏有梦想或是美轮美奂的事物。母亲是个个性温柔、意志坚定的空想家。她总是在做梦，认为所有事物都会是快乐的结局。所以，她总是活在电影或电视剧当中。无论是工作还是人生的建议，她总是说：“咦？这个好像是某部电影中的对话耶。”不同的人拍摄而成的梦想世界，在母亲心中形成了现实世界，然后累积成各种经验。母亲仿佛是活在梦幻的现实世界中。

童年时期，母亲总在床边为我讲述自编的故事，所以我的床边故事并非来自绘本。有时候，我还没听完就睡着了，第二天就会缠着母亲继续说故事的后续，结果故事情节常和前晚不同，因为母亲又编造了新的故事。

如果说母亲是一棵大树，这些故事就是枝叶。后来，这个经验发展成为我参与的三越伊势丹“母亲节‘goen°plant planet’”企划。

这项企划是在2015年4月底，为了母亲节而举办的活动，活动概念是“母亲赠送孩子的礼物”“孩子赠送母亲的礼物”。在一棵“母亲的大树”上，贴了许多“故事叶片”，然后传给“孩子的小树”（见卷首插图页XV）。从“母亲的大树”传递到“孩子的小树”上的故事，各有不同，也各有不同的人物登场。这些人物经过设计，制成商品，在母亲节当天，伊势丹百货公司新宿店的所有楼层进行全面销售。当天同时举办儿童的工作坊，此外，这个故事将成为我的第一本绘本。当时我的体内正孕育着一个小生命。在即将为人母、怀孕期间，我能够参与这项企划，我觉得是命中注定的缘分。

家人之爱的力量

家族からの愛情がどれたけの力になるか

诚如前文所述，母亲是个相当梦幻的人。提及梦幻和真实，父母亲的个性恰巧是正反两极，父亲只相信亲眼所见之事，他通过勤勉踏实的努力，取得现在的成就；然而母亲相信看不见的事物，相信世界上存在看不见的事物。她的性格坚强，认为人类不管如何竭尽全力，也无法改变大自然。父母在意见相左时，当然会有口角。小时候，当双亲争论不休时，我看着他们，心里总想着：“究竟谁说的才是真理？”

童年时期，家人就是我的全部世界，我游走在父亲、母亲、自己的意见之间，不断面临抉择。现在，这种三角平衡关系成为我创作的基准。因为只考虑一点，很容易偏颇不均，例如在思考企划的“核心”时，我首先会归纳整理出三点，然后连接三点，再统筹整合出最佳内容。如此一来，方方面面都能均衡考虑，事情就能顺利进行。或许这也是从三人家庭中学习到的平衡方式。

因为这些生活经验，我认为诞生在世上的所有事物，如果能够获得宠爱，顺利成长，就是最幸福的。

因为家人给予我的爱和亲情，成为我所向无敌的最大力量。

拯救goen°的这位部长

goen°を救ったザ・ブチョウ

提及家人，还有非常重要的一位家人——有着一双灵活大眼的吉娃娃萨部。“萨部”是萨部长的简称。萨部是goen°的部长。

经营公司绝非易事，goen°曾经濒临重大危机，我甚至烦恼是否应该放弃公司，仅以个人作家名义继续作画。当时，萨部刚来到公司，是在goen°任职的经理带着萨部来公司上班。萨部是只活力充沛的动物，人和动物一起活动时，能够振奋精神，于是我觉得似乎没有必要结束goen°。后来，一人独居的经理无法再饲养萨部，前来询问我的意愿，我便答应接手认养。以前，家人反对我养狗，所以三十五岁还单身未婚的我，只好偷偷养在房里。然而不出所料，母亲立刻闻到了狗的味道，不过最后仍然准许我饲养。

萨部正式成为我的家族成员的第二天，我就在没有任何计划的情况下，决定出外旅行一周。我带着萨部，漫无目的地上路。我先租车，再乘船到外岛，在游荡日本各地一段时间之后，突然“想要工作”，所以回到久违的goen°，重新开张。原本停滞不前的心，重新启动，想要再度发展goen°。

我和狗儿一起逃离goen°的这段日子，使萨部和我——部长和社长（也就是我）结下了特别的关系。如果没有萨部，goen°大概已经关门歇业了。

信息加上图画，更能传递心意
メッセージに絵を添えるともっと伝わった

重回正题，从小我就喜欢画画。上幼儿园时，为了自我介绍“森本千绘出生时的重量是多少公斤，以及如何长大”，我制作了一本书。为了表现自己出生时重达3.9公斤，我运用拼贴作画成书。当时，我感受到运用绘画传达事实或将事实转换为绘画，是一件非常有趣的事情。

我上的幼儿园信仰基督教，园中的教育根据基督教的教义，《圣经》是最基本的课程，每天早上都唱圣歌，用餐前后也唱圣歌。此外，无关喜欢作画与否，幼儿园还教我们制作贺卡，例如“感谢母亲”“恭贺新年”“圣诞节快乐”等；还有制作“圣诞降临历”，当然也会在年历上作画。

所以从小我就喜欢画图制作贺卡，常常送给双亲。升上小学之后，则发展成制作贺卡或相框，送给朋友，而非一般的贺年明信片。我甚至在考试卷作答处的旁边画上插图，在写读后感的笔记本上也画上图画，图画所占空间超过读后感文章的两倍多。其实我完全不需要为写读后感画插图，但是我总是习惯画图来说明自己想表达的事情。

读小学时，除了我之外，也有擅长画漫画或素描的同学，不过我只是喜欢“将信息化为图画”“为信息添画”。我作画是为了表达谢意，是为了更具体地表达感想，而不是只写文字。所以，我运用自己发明的方式，将笔记本做得更易翻阅、更方便学习，或是运用颜色促进了解。结果，同学们开始模仿我，老师也复印了我的笔记本，作为课堂讲义。于是，班上同学终于察觉到“森本千绘”的存在了。

在这之前，我的状况只是延续幼儿园时代，仿佛是一个透明人，自己也不晓得自己存在的意义。但是通过画图，我逐渐找到自己的兴趣空间。

于是，表达、表现成为自己的兴趣。在学校基督教的主日，我以图画呈现《圣经》经文，负责画图、演出洋片，以便让年纪更小的儿童了解。小朋友其实非常开心，对于平常听不懂的《圣经》经文，有了图画洋片之后，都产生了兴趣。我总是兴致勃勃地想着如何将自己想表达的话语，化为图画，促使别人了解。

小时候，祖父和双亲给予我的所有事物，也深深影响我的绘画表现方式。家人总是夸奖我的图画作品，所以，从小我就觉得画图比说话更能感动人心。

一种米养百种人，众口同声才有异
みなそれぞれなのに、答えが同じのはおかしい

我的中学生活似乎不属于任何团体，但又属于所有

团体。

升上中学之后，学校会形成各种小团体，不过，我游走各方，和辣妹族、御宅族、体育族、用功学生族等族群都有往来。

如果自己加入其中一个团体，就必须排除那些非我族类之人，我不想树敌，所以不想进入任何一个团体。而且，读初三时，我已经决心就读美术大学，所以和班上所有派系都保持了良好关系。或许我一心打算进入美术大学，所以能够在不属于任何派系之下，仍能安全度日。

我的学习成绩则在小学自创容易记忆的笔记方法，加上家庭教师从旁协助之下，大有进步。我的强项是数理科目，初二时，为了投考数理科系的大学，我前往补习班补习。补习班中聚集了各校人马，可爱、俊俏、怪异等各式各样的其他学校的学生，但是大家都非常聪明，我变得讨厌和大家算出相同答案，和大家算出一样的答案，究竟有什么好处？我左思右想，难道自己没有比别人更擅长的事情吗？我知道自己能够利用绘画表达想法。那时，我仍然习惯在考试卷上画图、画横线。后来我请教老师，老师劝我：“有些补习班设有美术科系，你可以试试。”于是，在升初三时，我参加了代代木研习造型学校的春季讲习班。

最初我完全不明白自己来到了什么地方，校舍的天花板似乎比天还高，还放着石膏像和巨大的胜利女神像。我惊讶竟然有不教学生念书的补习班，兴趣大增，于是开始补习。前来补习的人都只是初高中生，却已经怀抱着理想和自己的人生观，我越来越喜欢这个补习班。

在自己就读的学校中，有些朋友会表示不擅画图。其实，任何人都会画图，图画和音乐一样，就是传达自己的感受。想要翩翩起舞时，摆动肢体即可；想要引吭高歌时，放开嗓子大声唱出即可。这个时候，我就觉得可以更自由地展现自己。

混沌世界所带给我的印象
混沌とした世界が見せてくれたもの

我在补习班非常开心。初三就进入美术补习班的人不多，所以其他同学或老师都相当照顾我。各个学科所在的楼层不同，因为我还未面临考试的压力，觉得每个学科都相当有趣，所以试着参加各个学科。因此我和各科老师，以及油画、日本画、建筑等班级的学生都相处愉快。升上高中之后，我们一起企划各种集会或活动，玩得不亦乐乎。

当时，许多电影院开始播放独立制片电影，例如寺山修司的实验电影、地下电影、情色电影、艺术片等。或许因为是美术相关的补习班，所以很多人玩音乐，我常去音乐展演空间。有人是BOREDOMS的超级歌迷，有人则视丸尾末广如命，周围的友人各有所好，我接触到各种领域的杂志、音乐、漫画、电影，但也研读以米洛维纳斯为美之象征的西方美术。在这个混沌无序的世界中，我如鱼得水，快乐开心。

很多朋友都特立独行。一位交情深厚的男性友人规定我必须称他“吉米”，他每天穿裙子，头戴浴帽。他着迷于基因的螺旋构造，无论哪种作业，他的原则就是设法置换成基因。总之每个人都极有个性，好玩得不得了。

但是在普通高中的生活就令我难受。我就读的是中学直升的天主教女校。中午吃便当前后，必须祷告。在走廊碰面时，必须打招呼问候。班级导师是天主教会的修女。

可是，我就是喜欢和各种人士往来，不知不觉之间，补习班的朋友、目黑星美学园的高中同学都玩在一块儿了。代代木补习班位于南新宿，中午过后不久，我们便进驻代代木车站旁的温迪汉堡店，几乎是包场状态，我们玩扑克牌，或是坐在补习班楼梯上画图。

每天如此瞎闹鬼混，我在学校的成绩自然一落千丈。报考美术大学的学科成绩，我全部不及格，而非术科。虽然初三时就开始补习，累积了四年的岁月，每个人都认为我一定榜上有名，但是结果却令人难以置信。而且，我自认必定考满分，所以更是不敢相信。这个结果显示我荒废学业的程度已经到了无法判断自己所写的答案正确与否。无奈之下，我决定重考，却又在阴差阳错之下，以候补最后一名进入武藏野美术短期大学。

有兴趣，就会有改变
関心を持つと変わることがある

然而，在这个补习班中，我接触到形形色色的事物，这些都是宝贵且无可取代的经验；在这段时期，我学会了面对任何状况，都能处之泰然、从容不迫、处变不惊。在补习班认识的老师和同学，现在则在各项工作中再续前缘，协力合作。例如委托老师负责史努比案的设计，以及倍乐生公司的代言吉祥物；在制作第一份博报堂的Mr. Children提案时，前往冲绳绘制防波堤时，以前交情不错的补习班朋友也前来帮忙。

只要曾经结缘，我都能够维持长久的缘分。

我们并非经常吃喝玩乐的朋友，而是在重要时刻想起对方。现在有社交媒体脸书（Facebook），即使平时不常见面，也会在网上有所联系，了解对方目前的状况，为对方点赞鼓励。不过，我觉得自己从以前就已经进行“真实脸书”，总是注意对方的现况，也不吝啬“说赞”。

我最不欣赏“漠视”。我认为漠视是一项大罪。2013年夏天，我为NHK设计“思考霸凌活动”海报，概念之一就是“漠视”。如果心中有“霸凌他人的自己”“遭到霸凌的自己”“目击霸凌的自己”等三种，我认为“目击霸凌的自己”是最恶劣的。“我”不应该漠视，应该采取行动，协助他人，才能有所改变；双手一摊，毫无任何作为实在令人唾弃。或许这个想法起源于自己小时候曾经遭到霸凌。最先对我付出关怀、协助自己不再像是透明人的是小学老师，他注意到我画满图画的笔记本，表达了关注和兴趣；托这位老师的福，我才得以改变。

表现风格各有不同的同学友人之间，相互关心，所以补习班才过得如此快乐。我们不仅相互了解所画的图，还有个性习惯、喜爱的音乐，这些种种都是属于对方的一种人生表现，我打从心底觉得这样是一个健全的世界，并让我无所畏惧，愿意敞开心胸。我一直关心他人，因为我知道唯有行动、体谅、关心，才能够改变未来，迈向佳境。

6. 面对人类，毫不愧疚的事物

命の前にさらしても恥ずかしくないものを

为了真实感受自己活着

生きていることを実感するために

2011年3月发生东日本大地震，我想谈谈当时的状况。

3月11日，歌手坂本美雨的音乐宣传片，从前一天拍摄到当天早上10点。一大早，桌上的瓶子突然爆裂，大家开玩笑地说："大概是有事发生的前兆。"拍摄工作在中午之前结束，我返家睡觉。然后就发生了地震。

因为已经到家，所以我没有成为电车停驶下的返家难民，不过回想起当时，自己其实相当冷静。开始冲浪之后，我遇见多位熟悉大自然和大海动静的人，许多冲浪手都告诉我"将要发生地震"，所以内心可能已经有所准备。因此三天前发生轻微地震时，我立刻购买了防灾用的安全帽，发给所有员工。

福岛第一核能发电厂所在的海岸，有许多适合冲浪的地点，吸引了许多冲浪手。几乎每天从大海望着核能发电厂的冲浪手，在地震之后，立刻表示"核电厂的状况不妙"，我听了之后，非常担心核电厂，没想到一语成谶，可能我惊吓过度才显得冷静吧。

那时我直觉“应该做点什么”。当生物感受到性命受到威胁时，昆虫、动物会设法交配，提高繁殖率，我则是设法创作。所以那时我在推特留言：“我能做些什么？”

周围的人可能都陷入一片惊慌混乱，所以看到我的留言之后，大量涌入各种响应，“请制作Pray for Japan的标志”“请关掉热闹街区的霓虹灯和招牌”等。我的推特有不少粉丝，所以当我留言“请关掉霓虹灯”，仿佛施展魔法般，不久之后就接到回报“啊，涩谷的霓虹灯都熄了”。通过推特，大家的愿望纷纷实现，真是太不可思议了。

于是，我在推特上编列“idea for life”的主题卷标，成为一个据点，一个提供给大家写下所需物品的平台。后来，除了所需物品之外，还有人留言“我愿意前往协助料理伙食”“我可以做什么”等，简直变得像是一个制作本部。

我冷静地整理这些信息，同时采取各种行动。虽然说是“冷静”，但是在这场前所未有的惨况中，其实毫无头绪，所以我想要确认并感受到“自己还活着”。既然还活着，就能够创作，就能够为还活着的人架起沟通的桥梁，将无形的想法化为具体形式，所以我根本无暇害怕，无暇踌躇不前。每个人都有各自的使命，有人前往灾区协助料理伙食，有人广征各种支援物资，我则有自己的使命。

我的支持方式不是实际行动，所以并没有带着必需物品前往混乱的灾区。对于灾区以外的人，自己究竟能够提供哪些协助，我想应该是创造鼓舞人心的行动。从及部老师的工作坊课堂上所学到的知识，我想要设法驱动人类所拥有的能量。在所有人都茫然不知所措的时候，我想要打造一个让大家不再茫然的环境。

goen° 改变之日
goen° が変わった日

“3·11”大地震的新闻立刻传遍全世界，在“Pray for Japan”的号召之下，全球各地的人都在推特上为日本祈福。其中，法国的一位日本料理餐厅老板提出：“我想在店内为日本募款，请问是否有人能够协助设计募款箱呢？”创意人朋友告诉我这项消息，我想只要将设计做成PDF档案上传，提供全球下载印制，就能够放置于各种场所。

我立刻动手进行设计，3月11日的晚上发表“Pray for

Japan”设计。

3月11日晚上就完成设计，可谓异常神速，结果有人认为过于“冷酷无情”或“有欠考虑”。不过，当时我正好开始进行“报纸日记”，随处都能够画图，无论处于任何状况，我都能够作业；所以并非必须坐在桌前、开启计算机，才能有所作为。

当时的作为并未留下实际形式，可是，我感受到前所未有的沟通力量。12日早上在住家附近的家庭餐厅中，不仅是广告业界，各类媒体、创意等各方人士，前来聚集开会。

会后，成立“idea of life”网站，汇集各种想法。除了“Pray for Japan”之外，有鉴于首都如果大规模停电将丧失功能，将无法援助灾区，所以分发“目前节约用电中”贴纸给家家户户、店面、公司；设计支援物资分类贴纸，以便贴在纸箱上，而且能够直接从网站下载使用。

在那个当下，真的是所有人都行动了起来。在那天之后，goen°的存在有了一百八十度的转变，不再只是一间广告公司。

然而广告业界出现了批判的声音，某位人士来信表示："眼前有这么多人牺牲，艺术监制、设计根本派不上用场。"我耐心和这位人士沟通，直到对方心悦诚服。媒体报道这项行动，写着"'目前节约用电中'是森本千绘小姐制作的海报"，我也立刻强烈抗议"这不是'海报'，而是'标识'"。

在大规模停电中，有些店面不开灯营业。海报的目的是销售商品，我制作的标识和店面入口的招牌一样，其实就只像是告知"营业中"的牌子，或是表示"我活着"的"标识"。

后来发生了一件耐人寻味的事情。麻布十番商店街会长大量印制"Pray for Japan"和"目前节约用电中"的标识，然后和妻子戴上安全帽，将这些标识分发给每一间店面。然后，电视新闻报道商店街上每间店各自涂上喜爱的颜色，或是画上喜爱的图案，并说明是"位于麻布十番商店街上的设计事务所大展身手"，我惊讶想着"事务所明明是位于表参道啊”。非首都圈的高知县、福冈县也打印了标识进行张贴，我才知道有越来越多的人在响应。

人的力量真是难以想象，只是一张十日元的黑白影印，竟然能够扩及那么广的范围，真是太惊人了。

“目前节约用电中”是设计成剪纸风格的房屋外形，我曾经制作过圣诞树或花圈，或许曾经为了圣诞节而运用过剪纸，深具温暖人心的效果，这种温暖感受正好符合目前状况。结果，即使大家不知道“究竟是谁做的”，也都自动口耳相传。原本只是为了首都圈而制作的标识，也开始被张贴在其他地方；而且不是以网络转寄扩散，都是以实物分发。我相信这是因为大家认为不能自扫门前雪，必须挺身而出，将脑中的信念付诸行动。

理所当然存在的设计
当たり前のようにそこにあるデザイン

长久以来，我最想做的就是这类事情。当时，我无暇沉浸在这种感慨当中。这样说或许不恰当，但是我很开心世上还是需要广告，而且这才是广告应有的形式。

以往，我觉得广告是电通或博报堂买下了媒体的时间段，然后投入广告，透过媒体这个扩音器大肆播放。在我独立创业之前，制作Mr. Children的《色彩》音乐录像带时，歌词中写着自己无足轻重的作品，传到世界各地，取悦了从未谋面的人。广告就是如此，人和人之间的传递就像是水桶接力，不断往下传。与其拿着传声筒试图传送到远方，不如诚心感动身旁的人，只要心意真正传达给一个人，就会再传给下一个人，就像涟漪般逐渐向外传开。秉持这个想法，我独立创业，成立goen°，也遇见了许多美好的人和事物。为了遇见更多的人，我登台演讲，邀集熟人朋友，每个月举办一次餐宴酒会，为自己创造更多美好的机会；但是为了大众需要，这种一棒接着一棒的传递方式则是生平头一遭。

当时所做的物品并非作品，无法列入我的代表作，平常我也不会拿来说道。可是，我深深感受到那种"开始"的瞬间。很多人并不知道回形针或剪刀的发明者，因为已经是理所当然的生活用品，我希望打造这种已经无法得知发明者是谁的物品。我认为创作人不应该在作品上留下任何痕迹；所以那些"标识"，在我的心中，我从不认为是自己制作的。

为了存活下来的生命，什么是媒体的要务
いま、生きている命のためにメディアは何をすべきか

地震发生后一星期，原本预定至北九州岛到津之森公园进行简报。因为经历地震灾害和核电厂灾害的惨烈情况，我更深刻认识到人类是大自然的一部分，所以将满腔激动的想法都一股脑地写进动物园企划书中。

可是，实际抵达福冈时，才发现这里和东京竟然有着巨大的落差。东京人忧心辐射产生危害，很多人都戴着口罩，然而福冈则不见任何人戴口罩，市内街区仍然热络喧闹。我当场愣住，觉得“地震才发生一星期而已，这样不太妥当吧”。过了一会儿，我反而开始欣赏福冈和大阪的充沛活力。东京的街道黑暗无光，人人都还陷在混乱之中，便利商店和超市的水和食物早已被抢购殆尽，各种状况不断。人人通过网络搜集信息，只靠着大脑判断思考，结果动弹不得。相较于关东地区的东京，关西地区的街道能够继续制造能量，这样才得以平衡。

抵达动物园，我第一眼见到大象莎莉和兰正在大便。日本国内正处于地震的灾害和核灾当中，一不小心就很容

易说错话，动辄取咎，莎莉和兰却毫无顾忌地排便，而且粪便大得惊人。我不禁想着“对啊，本来就是如此”；人们开怀而笑，动物进食，就会排泄；这幅景象让我自然而然地恢复了平常心。地震发生之后，虽然自己的行动冷静，但是当我得知灾害的惨烈程度，正感到心情低落时，能够离开东京，依照计划前来福冈的动物园进行简报，实在有助于我恢复精神。

其实地震发生的第二天，3月12日预定拍摄三得利*BOSS Silky Black* 的广告，但是因为地震缘故而取消。当我前往北九州岛时，这项委托案的创意总监佐佐木宏先生便来电联络。

在电话中，他表示："虽然停止了拍摄，是否可以一起有些作为？”地震发生之后，在日本电视节目中，企业的广告全数消失，只播放AC日本的公益广告。在这种情况下，三得利希望有力出力，而且所有和三得利签约的艺人都愿意参加。我回答“Silky Black的广告，我们以后再议”，并立刻想出另一项企划案——总计七十一名演出者轮流接唱《昂首向前走》和《昂首望夜空的星星》，也就是“歌唱接力”（见卷首插图页Ⅶ）。

为了能够尽快播放，我熬夜绘制脚本，从动物园返回东京之后，立刻着手拍摄，然后送片进剪辑室，我一人负责全部剪辑，在4月6日开始播放。

现在再看大家的接力歌唱，虽然有些腼腆之感，但是能在灾害初期完成，深具意义。

因为在地震发生之后，大家都纷纷采取自律行动，例如大型公演耗电，所以许多演唱会都取消举行，如同国丧禁止演乐。然而我觉得虽然遭逢如此巨变，这样的行为反而不自然。

和大自然共存，人类依旧能够舒适生活
自然と共存しながら、人間は心地よく生きることができる

约在2005年，以音乐制作人小林武史先生、Mr. Children主唱樱井和寿为核心成立“ap bank”，通过这项工作，我学习了电气、能源等知识，所以后来一直设法传达核电的危险性，以及自然能源的重要性。人类必须向大自然借助各种事物，才能够活在世界上。人类和大自然共生共存，才能设法让自己的生活更舒适。想吃美食，就必须培育健康的

土壤；想要培养感受性，就要欣赏美好的音乐。所以我觉得在地震灾情严重的情况之下，更需要美妙的音乐和电影。

可是，日本国内却认为必须严肃以待，所以只播放AC日本的公益广告，停播所有的电视广告；这类电视节目不能播放，那部电影中的片段不适合上映等，大家突然都神经兮兮、小心翼翼。但是这些不能播放的节目，平常就在播放，大家都在观看，我实在难以认同这种做法。甚至因为耗电的理由，所以不能播放美好的音乐，简直矫枉过正；我怀疑这种方式对存活下来的生命是否真的有所帮助。

我和周边人士制作的作品，自信无论任何时候都能够观赏和聆听。我的内心一直保持这种信念，所以才能够冷静地制作三得利的“歌唱接力”。

能够影响任何时代的“美好事物”

どんな時代にも響く「いいもの」を

前往福冈时，我偶然参观了福冈亚洲美术馆的山下清画展，同时也内化成我的力量。山下清是一位旅行画家，厌恶战争，不想当兵，所以接到征兵令时离家出走，流浪日本全国各地，但是他屡次被抓回。我亲眼看到山下清的绘画或拼贴画时，发现他的作画能力和画图结构真是令人惊艳，独一无二，无人能仿。

展览会场除了图画作品之外，也展示了报道和他的谈话，其中一篇是他和冈本太郎对谈的报道。两人的谈话非常精彩。当时身处战争时代，每天都心惊胆战自己明天能否活命，然而两人不是暗自感叹生不逢时，而是面对并传达“生命的尊严”。从两人的对话当中，深刻感受到在这股想法和意志之下，“自己必须不断创作”。在地震发生之后，社会上充斥着自律的气氛，画家杰出不朽的作品和话语，不仅感动我心，更带给我勇气。

回想起来，自己一路参与“HAPPY NEWS”，以舞蹈形式串联NHK晨间连续剧《幸福铁板烧》的片头曲，这些在地震发生之前的工作，并不是打着“串联人和人之间的关系”旗号而作，而是我从孩提时代就一直持续进行的。无论时代、状况如何演变，即使高楼大厦四处林立，我在内心暗自发誓仍要继续制作联结人和人之间的事情。

地震已经过了好几年，那时候的感觉差不多已经遗忘了。然而当下“就这么做吧”“这种非常棒”的判断基准，我觉得非常了不起。广播节目中播放着法兰克·辛纳屈（Frank Sinatra）的歌曲或摇篮曲，好听动人。深夜播放电影的内容，电视台都经过了深思熟虑。然而，如今想起自己当时不会制作的作品却四处可见，令我觉得非常遗憾。

喜怒哀乐的感觉留在“细胞”里
喜怒哀楽の感覚は「細胞」に残る

有种说法，在电视播放追捕犯人的节目中，当犯人的脸孔投映在屏幕上时，据说观众会觉得自己也有能力犯罪。一次又一次地看着犯人狂暴的脸孔时，这种印象会留在体内细胞某处。报道犯罪，其实会促进犯罪。报道当然重要，但是逮捕犯人之后，只需传递事实，无须一而再，再而三地详细报道。

地震的海啸影片也是一再播放。当时还有许多人生死不明，地震后的那几天，为了掌握消息，大家都守在家中观看电视。可是，当每个电视频道都不断回放海啸的影片，儿童感到不安和忧心。在我的推特平台中，许多留言都希望“能否不要所有的电视台都在报道地震，能否有些电视台播放儿童观赏的卡通”“不要只播AC的广告，请播放能够令人放心、度过现况的影片”。这就是我希望尽快启动三得利“歌唱接力”的原因。

令人感到恐惧的视觉景象或声音，即使后来消失了，这种恐惧意识却会留在细胞深处。眼睛所见，双手所触，都会让记忆深植在体内。如此想来，不论好坏，媒体都具有逼迫人精神的力量。所以，如果会在细胞留下不好的回忆，无论多么威风，或是多么深具艺术性，我决不参与，我只继续制作真正美好的事物。

“老婆婆”传奇

「おばあちゃん」というファンタジー

思考“真正美好的事物”时，我想到“老婆婆”这个关键词。和我交情匪浅的宇宙物理学者佐治晴夫先生，曾经告诉我：“‘老婆婆’是种奇妙的存在，‘老婆婆’会拯救地球。”

据说在生物学上，雌性动物过了生产时期之后，会变成雄性。然而，人类的女性即使生理期结束，身体状态和男性毫不相同，仍然还是女性。因为女人直到死亡，都认为自己是女性，终其一生，都以女性的身份，时而温柔、时而勇敢地表达自己。我曾经询问过动物园园长，知道物种和人类最接近的猩猩，并没有“老婆婆”的存在，所有的猩猩都会变成“老公公”。只有人类存在着“老婆婆”。因为周围人认为她是“老婆婆”，自己也会认为自己是“老婆婆”。

周围人打造自己，自己打造自己，这是人类独有的能力。所以当佐治先生告诉我时，我觉得“老婆婆”真是一种有趣的存在。

经过那次大地震，人类感受到大自然力量的恐怖。我自己曾经差点溺死在海浪当中，所以不难想象海啸的恐怖。大自然无可抵抗的力量，以及无数性命的消逝，眼前尽是悲伤难过的事情，这种时候思考“应该如何定位创造”，我想应该就像是“老婆婆”的存在，或像是抚慰哭泣孩童的安眠曲，或像是女性孕育生命的子宫。

既然“老婆婆”是一种奇妙的存在，基于“老婆婆”存在的这种立场从事创作，表示人类认同了一项奇妙事物，当我想到并画出，就能成真。只要运用这种立场思考创意即可。

佐治先生曾邀我聆听宇宙的声音，“呼——呼——”的节奏速度，和母体中胎儿的心跳节拍相互呼应，据说婴儿诞生的周期，可用地球诞生的计算式周期加以解释。孕育一个生命，就像宇宙母亲生出地球。孕育生命不是一件随便的事情。人类总是不断追求更新奇进步的事物，正因为如此，我们才应该注意到更多像“老婆婆”这样理所当然却不简单的人和事物。

打造“更不可思议”
もっと「不思議」を

佐治先生还告诉我宇宙是一种大缘分。他通过计算式，为我深信不疑的奇幻、宇宙真理，提供科学的解答。所以遇见佐治先生以后，我内心苦闷烦恼的事物，终于能够得以一一整理。

前几天，我邀请宫泽理惠和佐治先生上节目对谈。当天是雨天，在对谈结束之后，三人一起搭乘电梯下楼，佐治先生又告诉我：“今天所下的雨是七十年前流下的眼泪。”

他说天降的甘霖，会渗入土壤当中，等到再次蒸发，成为雨滴，要花费七十年。所以佐治先生说“今天流下的眼泪，会混合到七十年后的雨水当中”。

大自然的循环已有科学的论述证明，然而加入“眼泪”的故事，这项理所当然的理论听起来就洋溢着浪漫的氛围。同样一件事情，如果能够加入浪漫元素，就能够化为美好。当婴儿呱呱落地、哇哇大哭所流下的眼泪，在他七十岁时会成为雨滴，再度降临大地。虽然我的祖母过世时未及七十岁，但是接下来的数十年后，那些已经不在世间的人的眼泪，将成为今天的雨滴落下，这是多么神奇的事情！这激发了我更多的想象力。

不同的说法或表现方式，能够让普通事物显得尊贵，这个道理和商品销售的广告想法一样。佐治先生总能教会我了解许多道理。

佐治先生已经八十岁了，仍然对世上许多事物感到好奇。在他和宫泽理惠的对谈当中，宫泽小姐多次询问佐治先生“为什么呢？”，结果佐治先生说：“你对很多事情感到好奇，这种态度非常好。”

“因为觉得好奇、不可思议，才有故事诞生。如果人类再也不觉得好奇，就没有故事诞生了。”

原来如此，我完全赞同。儿童总是对各种事情感到不可思议，所以处处都有故事诞生。我不能自以为万事皆通，要更有好奇心，这样生活才有趣。

不独自掌控作品，所以能够轻松以对
自分で作品を抱えないから軽やかでいられる

和人相遇相识，总是学到许多事物。我想要谈谈画家黑田征太郎。

2011年夏天，因为杂志*SWITCH*（SWITCH PUBLIC出版）的企划案，我前往新西兰，因而结识了黑田先生。黑田先生前往新西兰的南岛，我则前往北岛，各自旅行，画下旅途中的大自然景色、相遇的人、想法等。回到日本之后，相互观赏对方的作品，举行对谈，这时我才初次见到黑田先生。

不仅是在新西兰，黑田先生走到哪儿画到哪儿。遇见黑田先生，我甚至怀疑自己其实不能算是喜欢画图。向来自以为爱作画，但是得知黑田先生的作画态度时，我才被点醒，得知或许自己并没有非常喜爱画图，我大受刺激。

观察黑田先生，才知道自己作画是怀有目的的，才确实知道自己不是单纯喜欢作画的人。能够及早知道这种差异，我真是幸运，否则一直被蒙在鼓里，将来可能遭遇打击挫折。透过黑田先生，我及早了解到自己的定位。

此外，黑田先生还教导我不要自己统揽万事。黑田先生四处作画，也随手四处赠画。他越画越多，然后从不询问他人的意愿，就邮寄给亲友。goen°就曾经一天内收到好几幅画作。收件人不同，他的绘画主题也会有所不同，例如小仓的寿司店就会收到以“鱼”为灵感的画作；*coyote*杂志（SWITCH PUBLIC出版）总编辑则收到《郊狼》的画作；因为我曾经和黑田先生合作北九州岛动物园的企划，再加上我饲养了一只名为“萨部”的狗，所以他老是送我和动物相关的画作。我相信全国各地有很多人都常常收到黑田先生的画作。

这些收件人当然不会丢掉画作，作品美不胜收且令人开心。当事人的家变成了黑田先生的画作仓库。最初我都收藏在A4大小的箱子中，后来装满了，现在换成瓦楞纸箱收藏。换句话说，黑田先生有许多外接硬盘、仓库和美术馆，而且已经分门别类。

如果自己收藏作品，心理压力反而越来越沉重，不易产生崭新创意。可是，装个外接硬盘，就可以更轻松地继续做自己希望的事情。

而且这些收画的人，除了开心之外，也会谈论黑田先生，达到宣传的效果。我总认为黑田先生像个“画图的寅大叔”。无论是寅大叔或是裸大将阿清，一位称职的旅人会主动为旅途上相识的人或是仍居留原地的人创作故事。不过，我相信黑田先生只是一心想要画画，画画令他开心，他从未考虑过自己是否要画得漂亮，或是要累积大量作品以便出书，或是要销售作品。黑田先生和菖蒲学园的人，都只是一心想要画画或刺绣，从不作他想。所以，黑田先生是真正的旅人，自由奔放，无拘无束，魅力十足。所以当我沮丧万分，觉得拘束时，我就非常想念黑田先生。遇见黑田先生之后，我希望自己能够活得更轻松、更自由。

点连成线，线连成圆
点がつながり、円になる

佐治先生、黑田先生、鼓手中村达也先生，还有Dance

Company Condors的近藤良平先生，我们相遇结缘，持续至今。这些人的共同点就是借由人类的躯体，爆发最大的能量和灵魂的精神力量。所以，即使躯体明日将不在人世，仍有源源不断的力量从内部涌出，继续影响他人。我遇见他们，确实影响了我对人生的看法。

这些人就像是大自然的神明。土神、水神、风神，各具不同性质，但都是大自然的一部分。这些人和风定下誓约，和水定下誓约，各有鲜明的性格，所以我非常喜欢他们。

他们不会受到大众的消费。所以我擅自赋予自己一项使命——认识他们而感动的事情，以及对于他们想要传达的事情，在感同身受的同时，不过度消费，却又能广为传达。我认为联结大自然和人类世界是我的工作。

我还参与coen°的孩童工作坊以及动物园的工作，其实“孩童”和“动物”也是如此。我希望自己能在不同生物出现时，不以外表或言谈判断，而是探索内在灵魂，从这些能够影响他人的杰出灵魂当中，撷取人类生活所需的精髓，加以翻译诠释，传递给更多人。我一直认为这些必须通过自己的身体才能达成。

人和人的相遇，真的是一件乐趣无穷的事情。

例如，黑田先生和达也先生的交情深厚，黑田先生常谈及达也先生的事情，也常说改天介绍我与他认识。结果，去年，在黑田先生不在场的情况下，我遇见了达也先生。此外，佐治先生还为我介绍了放送作家的仓本美津留。因为每个人身旁都有密切相关的人，都会受到他人的影响；人际关系因此左右相连，相连不断，最后会像是坐上大圆桌一般，连成一圈，不知道起头和终点在哪里，不知道正对面座位上的是谁。感觉就像是在认识黑田先生之前，其实我已经认识达也先生。不过，无论起点、终点为何，都无关紧要；点连成线，最后会连成圆形。人和人之间的相遇，最后会形成一个大圆。

相遇会不断提供解答
出会いが答えを与え続けてくれる

工作上，常常心有所思，就会遇见相关的人、事、物。这时候，我总觉得这是一种肉眼看不见的巨大力量，告诉自己的想法是正确无误的。

我和松任谷由实的相遇就是如此。有一天，任职于NHK的大学时期的朋友来电联络："松任谷由实主持新节目，她希望森本你上节目。"大家或许不相信，当时我正在车中聆听松任谷由实的歌曲《守护着你》。所以接到电话时，我简直不敢相信这种奇妙的偶然。接着，我详细询问之后，才知道自己要担任松任谷由实新节目第一集的嘉宾，一起前往高野山。

为什么我正巧在车中聆听松任谷由实的歌曲呢？在那之前，我出席柚子乐队的北川悠仁的结婚典礼。典礼上，松任谷由实坐在主宾席上，并演唱《守护着你》。听说当时松任谷由实的喉咙不舒服，所以无法顺心如意地一展歌喉。即使如此，她仍然双眼盈泪，热情高唱《守护着你》。长期以唱歌为业的歌手，果然不同凡响；即使歌声不尽如人意，但她唱歌的神情姿态仍能感动全场，我从中获得了极大的鼓舞。

后来，在节目拍摄中，松任谷由实前来goen°时，或在前往高野山的旅途上，我们两人天南地北地聊着各种事情。身为表演者，她在向前迈进时，随时都密切注意人类的本质或核心，以及最应尊重的心意。第一次见到她时，她说："女人无须威严。"总是不惜一切、全力奋斗的她认为女性不能失去柔软的身段。每天工作时，我经常想起她说的话。

节目结束之后，我们也常私下会面，有一次聚餐的时候，她说："我肠枯思竭，没有任何新的灵感。想要不断创作新曲，真是一件不容易的事。"

对我来说，松任谷由实是一个传说，然而她其实是一个活生生的女性，是一位创作人，她挣扎奋斗的身姿，令我感动。然后她又说，无论累积多少经验，当一件真正的好作品诞生时，真的是打从心底里高兴。我身为一个女人和创作人，她的态度带给我许多力量。

那时，她还提到"令人怀念的未来"。

"创作全新作品时，只能从根本、过去当中寻找新事物。"

虽然我参与各种不同的工作，但总觉得自己是第一次参与，所以设法回到似曾相识的场所。所以当我听到松任谷由实说出这种说法时，我深深赞同。

从过去找到崭新

過去の中に見つける新しさ

松任谷由实的成长过程和我相似。她就读于天主教的初中和高中，毕业于美术大学。本书在第五章中曾提到天主教学校重视歌唱和绘画，每逢宗教节日，例如“今天是圣母玛利亚的日子，大家一起来唱歌”，主事者会带领大家唱歌，或是“圣诞节即将来临，一起来制作月历”，带领大家一起画图。人生路途上，每逢感谢、欣喜、伤悲之时，总有歌唱和绘画相伴。我和松任谷由实都在童年时期体验过这种生活。

然而，就读天主教女子学校，对于千金小姐般的生活，我们都抱持着叛逆的态度，深受摇滚、强而有力的事物吸引，所以都进入了美术大学。后来，松任谷由实朝着音乐方向发展，我则选择作画，但是都像是温柔有力的圣母玛利亚，运用简单明了的方式表达清晰鲜明的信息，在主要的媒介上广为传播，并将这项工作视为自己的使命。

其实，《圣经》或圣歌并非都是神圣无瑕。《圣经·旧约》的第四章当中讲述了亚当和夏娃的两个儿子为争宠上演的仇杀故事，后来哥哥遭到放逐，书中插图为故事营造出一种暗黑色彩。当时还是小学生的我对这则故事印象深刻。《圣经·旧约》里的奇幻故事，包括摩西分海、诺亚方舟，孩童读起来乐趣无穷，何况其中还有歌曲与图画。

和松任谷由实相遇，我重新认知到自己表现方式的根基在于编写故事，或是在故事中注入寓意，如果能够通过歌曲和绘画，就一定能打动人心。然而松任谷由实早就已经明白这点，并利用这种力量，继续表现自己。

唯有当下能够打造而成的世界
このときでなければつくれない世界がある

松任谷由实在2013年发行的专辑 *POP CLASSICO*，就是在我们两人相互了解对方的成长经历之下，一起打造而成的。最初我接获的信息是这张专辑的概念就是“POP CLASSICO”。乍看之下“POP”和“CLASSICO”是反义词，而且我还得设计成“看似简单，却越看越不明白的世界”。

当下我决定只以文字设计，于是打开《圣经·旧约》，串联起《圣经》当中的所有要素。结果，我发现《圣经》中的古老装饰看起来像是水母或深海生物，想必造型灵感来自这些生物。有了这项发现，所有事物都显得趣味十足。《圣经》世界的不可思议、《圣经》世界的每则故事，都注入在每个文字当中。所有的装饰文字，相互串联，仿佛是从“POP CLASSICO”的“P”开始发展的故事。

主题是以深海为舞台，讲述精子和卵子相遇，受精、着床、胎儿出世等过程的神秘故事，摆在装饰各种大海生物的文字上。简报用的小册子，我大量使用拼贴，再加上我亲手绘制的图画和文字。总制作人松任谷正隆更为精简每个文字当中所含故事的细节，然后修正设计，终告完成。专辑封面是以原画为本，制成两到三米大小的立体道具，进行拍摄。

这项设计不仅用于专辑封面，也用于宣传的音乐录像带中，表现出从太古时代，脉脉相传的生命诞生奇迹，也是所有人类历经的宇宙之旅。

这项设计的诞生来自“3 · 11东日本大地震”的经验，以及在过去之中寻找新事物的“令人怀念的未来”。换言之，所有事物都是相关联的。同时，从2013年开始，无论是“组曲”、新垣结衣的佳能“EOS M2”广告，或是三谷幸喜的舞台剧“声”美术设计等，我都亲自绘制草图。自己的名字中有个“绘”字，我不能辜负这个名字。

我认为“POP CLASSICO”达到了自己的期望。其实很久以前，唱片公司曾经委托我设计专辑封面，那时松任谷由实还不认识我，我又正好在参与Mr. Children的专辑封面工作，所以并未答应承接。不过，那时的画技可能无法达到目前的层次。所以时机是非常重要的。

为什么世界上需要偶像和英雄
なぜ、世の中にヒーローやアイドルが必要なのか

我认为有真本事、真功夫的真品才是英雄，真品能够“震慑一切”。而且，这种能够“震慑一切”的真品绝非速成，必须经过时间和环境逐渐养成。

前些日子，我仍在思索：“什么是‘震慑一切’？”当人在建筑物中祈求愿望，相信神明的信念逐渐累积，建筑物就会成为神圣的场所。东京铁塔或太阳塔也是在许多人的仰望之下，成为一种象征。

同样道理，自己作品的价值，会随着各个时代的观点而有所变化。作品长期累积各种人的想法和愿望，或是成为某人的持有物，会慢慢变成名副其实的“真品”。想要成为真品，身为创作人，一开始就必须真心制作，因为这样的物品才会吸引许多人聚集前来，甚至许下愿望。

“奥特曼”也好，“铁臂阿童木”也好，因为作者是真心打造出这些英雄，期待带给人类希望，觉得“如果是铁臂阿童木，一定可以为人类解决问题”“如果有哆啦A梦，未来就会改变”；所以人类相信这些英雄，那些“人、事、物”是否为正确的解决方法，或是否真正存在，其实都无所谓，因为身负众人的愿望，所以拥有力量。只要能够散发能量，吸引众人前来祈愿，都算是“英雄”。所以，震慑一切的英雄、万众服膺的偶像、众人祈求的梦想，这是每个时代都不可或缺的。

相反地，如果无法获得祈愿、信仰、尊敬，就无法震慑一切。

现在这个时代，很难遇见能够震慑一切的人。每个人都能做梦，每个人都能够成为偶像，这样当然很好，然而昭和时期的偶像拥有迷倒众生的魅力，创作歌曲的作词家也都对自己的职业感到自豪。“大家都做得到”“大家一起创作的喜悦”，当然可算是美好的时代，因为通过工作坊，我深深感受到每个人都能够参加的好处。然而，我仍然憧憬希望有个无人能出其右、独一无二、万众服膺的象征。

每个人都能够平等受教，所以不易出现万众服膺的人物。正因为时代的潮流如此，众人才更期待这号人物的出现。我希望遇见这号人物，并成为沟通桥梁，广为传达这些真品的杰出之处。

必须有可能活不过明天的觉悟
明日、死ぬかもしれないという覚悟で

2015年，goen°迎接成立第九年。维持公司的运营实在不容易。

两位新设计师进入公司任职，虽然是新人，我却无事可教。因为，每次的工作都是初次尝试，所以没有可交办接手的工作。或许将同样的工作规则化，决定了森本模式的做事方式，就像书籍装帧的步骤一样，会比较轻松。可是，

工作的委托来源等，每次的方式都不尽相同，我自己本身也在不断变化。虽然，从博报堂时期，我仍然坚持相同的主张，但是进行的方式随着状况不同，则会大幅度改变。

我不知道自己的未来会如何改变，但是我不畏惧改变，只要好浪前来，我希望自己随时都做好万全准备，乘浪而起。

我的话看似一再重复，因为我只是一心想创作真正美好的事物。我不希望明天病倒，或是就此离开人世，或是明日失去最重要的人时，自己的作品是羞于见人的。我决不容许自己的作品有愧于生命。

这股志气，在面对牵涉金钱的工作时，可能消失、褪色、迷失方向。不过，只要想到明日可能死亡，我就会坚定意志，打造有益身心的杰出作品。只要这股信念坚定，应该就没有问题。

各位请想想，在一张白纸上画图，那幅图画将会化为具体。为了实践计划，即使劳心劳力，令人欲哭无泪；但是当脑中的想法成形时，就能通过实际物品，遇见从未见过的人。这种不期而遇，甚至令人觉得根本就是命中注定；但是这种奇遇真的随处都在发生。

如同冲绳防波堤的姐妹所说:“当有所行动时，想要动手画，想要表达，这一连串的过程或许才是最重要的。”在设法表达传递想法的过程当中，就会诞生金泽老婆婆所说的“缘分”。换言之，为了遇上“缘分”，才有这些过程。

无论契机是来自工作，或是来自白纸图画所产生的相遇，结果都会为自己的人生反馈重要意义。所以每每持笔坐在白纸前时，我总是忐忑不安。因为，即将画下的事物将发生在现实当中，因为作画就是一段缘分的开始。

梦想引领我向前迈进

見たい夢が、いつも私をその先に

通过本书，回想自己以往的工作，自己通过各种方式，实践了“描绘未来蓝图，并进而化为现实”。为了实践更美好的未来，我希望改造人类的核心和根本。

许多科幻片在描绘制作的当时都还是空想，后来却有不少化为现实，例如火箭或手机。这些都归功于当时作家或导演的想象，希望能够有这样的物品，然后采用技术进一步去实现。如果最初没有撰写故事的人，未来是不会改变的。

我无法因单纯作画而获得满足，我希望描绘出大家的梦想，描绘出领先半步的世界。

所以，即使是在困境中描绘出的画作，将来可能成为牵引自己的缰绳，或是成为导引方向的地图。对于自己尚未抵达的境界，尚未完成的事情，我可以先画下成形，以便牵引自己前进。所以我不画眼前的世界，或是不可能看到的桃花源。如果各位觉得我的图画非常美好，并非我看过如此美好的世界，而是我希望前往那样的世界，所以我画在纸上。

本书第一章中，我写下如果有两种选择，我会选择光明的一方。

我常使用开心的事物、温和的颜色，所以常有人认为我是个开心温和的人。但是真正光明的人，无法打造出光明的事物。我其实非常自卑，不够独立自主，心中怀抱邪恶和黑暗，所以我比任何人都想要前往光明的一方，所以持续制作光明的作品。为了描绘梦想，所以总是望向未来。

结语

おわりのことば

在主流中，不断传达
メインストリームの中で表現し続ける

2014年7月，我举行了结婚典礼（见卷首插图页X）。为了准备结婚典礼，我铆足全劲，后来猛然发现，我竟然怠于工作约四个月，未参与任何影像的导演。

可是，这场结婚典礼，促使我重新确认创作上的重要想法。

结婚典礼之后，出席典礼的松任谷正隆先生说道："我从没见过结婚典礼上的新娘看起来如此客观，你根本就是将这场典礼视为工作了吧？"

的确如此。虽然说是自己的结婚典礼，准备过程却和工作完全相同。我先在素描本上画下概念图，撰写企划书，和共同编织故事的创作人讨论无数次，一边沟通，一边整理想法，进而拓展，打造"结婚典礼"。喜宴上，新郎、新娘与各自的过往人生当中相遇的人齐聚一堂。这次喜宴不仅是家人亲友出席参加，顾客的社长和各界高层人士也都出席。所以，为了取悦所有客人，无论孩童也好，或是社长层级也好，我希望打造一个全员都能享受和感动的娱乐活动。不过，说到感动，如果自己过于感动，反而会吓到观者，所以适度穿插欢笑和感动，像是制作一部喜剧电影。

整个过程非常耗时耗力，超乎想象。可是，从以往的工作中学到的平面设计工具、空间的打造方式、活动的形式，都正好派上用场。真心打造任何人都能享受的时间和空间，真的非常有趣。我再次确认这就是自己想从事的工作。

现在的时代，想要表现自己时，无须通过大型媒体，经由社交网站或是YouTube，每个人都能够轻松发表自己的设计。通过这次结婚典礼，我体会到并非懂者自懂，而是要以每个人都能享受的主流一决胜负，主轴运用感动人心的表现，这才是真正的乐趣。

无论是音乐、电影、戏剧等各种表现，能够在主流一决胜负的人，能够不断响应期待。例如演艺界的野田秀树、蜷川幸雄、三谷幸喜，音乐界的Mr. Children、松任谷由实，电影界则是山田洋次导演、是枝裕和导演等，每个人都在自己的作品当中加入艺术、实验，或是“异常”，确定故事核心，在自己的工作岗位上不断响应大众的期待。这种精神实在惊人，而且跨越领域藩篱，具有摇滚态度，常人绝对难以仿效。我也期许自己能够成为在主流奋斗的创意总监。

内心故乡和令人怀念的未来

心の故郷と懐かしい未来

准备结婚典礼的过程中，我另有一个感受：自己是抱着必死的感受，设法碰触生存的部分。设计“活着”，我集合各种“活着究竟为何”的相关想法；甚至可以说，我以感受死亡的方式，以便达到活着的最高潮。我和优秀的影像工作人员共事时，有时会瞬间感觉到自己将死，甚至已经死亡。这种感觉难以言喻，就像是生死交关、徘徊在阴阳两界。

活着却感觉到死亡，注视着生死循环。

猛然觉得这是我最近关心的主题之一。

缘定的结婚对象出生、成长于奄美大岛。不仅是奄美大岛，日本的许多地方都有自古相传的传说，例如奄美的木妖、远野的河童，虽然不知道是否真的存在，可是这些故事已经扎根在那片土地，到了当地，就能够听闻并感受到。

从小就听闻这些传说和故事，体内就有相信梦幻的能力，也就拥有描绘梦想的能力。故事传衍的场所，就会是心灵归属的故乡。很可惜，现在的东京似乎再也不见古老传说，虽然有许多都市传说代之兴起，可是，说实在的，这些应该无法成为心灵归属的故乡。

幻想是心灵的避风港。奄美大岛的方言“NERIYA-KANAYA”、冲绳的方言“NIRAIKANAI”，都是指人生结束之后、在大海彼岸的灵魂归处，也是生命起源、桃花源。就像是圣诞老人，虽然不必相信是否真有其人，但是如果选择相信，故事留存心中，可以让人生更轻松。虽然家人、亲友过世令人悲伤难过，但是将来自己也将死去，就能够重逢。如此一想，就觉得必须确实“活在当下”。

不仅是日本文化，各国都有和亡者交流的不同文化。我在斯德哥尔摩所见的墓前，都有一方餐垫大小的花园，种着亡者生前喜好的花朵，随着季节绽放；并非摆上花瓶插鲜花，而是让植物由根生长。有些花园充满绿意，有些则穿插配置黄花和玫瑰，俏皮可爱，每座墓都各异其趣。望着这些花园，仿佛看见亡者的脸孔，还能够得知亡者生前的人品，家人对亡者的关爱，甚至看见亡者周围人士的脸孔。每座墓就是一个家族的故事，各有不同，各有和亡者交流的形式。我深深觉得感动。

不划清阴阳界线，即使过世仍然继续交流，提供我将来创作幻想和现实之间故事的灵感。我在书的前言中写到在创作当中，设计活着和接触死亡相关，设计松任谷由实*POP CLASSICO*专辑诞生主题的图像，“灵魂归处”是“生命起源”，阴阳界相连，都不约而同地和松任谷由实所说的“令人怀念的未来”，具有异曲同工之妙。

认识松任谷由实、结婚等对我而言，正好提供思考创作“生命起源场所”的契机。

我回想过去，中学就梦想进入广告界，也如愿进入广告界，并参与许多工作，真的衷心感谢许多“缘分”的牵线，让自己经历宝贵的经验。不过，每次我都觉得自己脑汁绞尽、体力耗尽、心力交瘁。所以现在我深刻体会到如果自己想要在主流继续奋战，身为女性、创作人，我就必须壮大这身创作母体的能量，然后更需好好迎接、培养体内孕育的事物。

借着结婚之便，我搬到靠近大自然的独栋楼房。独立创业时，goen°办公室位于表参道上大厦的其中一层，现在一并移至新居一隅，工作人员和goen°都改头换面，重新开始。

如果说以往的goen°是在花盆中栽植，然后开花结果，现在已经更换土壤的我，接下来将会渗入土壤，实地扎根，吸收世界的各种事物，描绘出过去和未来、生和死等巨大循环的印象蓝图，让母体的能量能够丰富多彩。如此一来，我的体内将进驻、诞生崭新事物，任何人欣赏我的作品，都能够触及深处，丰富内心。

未来，我将创作哪种影响时代又令人觉得怀念的幻想呢？我自己也非常期待。

后记

あとがき

只有独自一人绝对无法创作任何事物，这次借由文字撰写，感触甚多。

工作和技巧有各种方式进行，然而专业之前，首先要想到人生方向和发现。

人类有心、有思想，命运如何左右，每个人如何迎战、前进，各有所异。

创作这本书时，我的肚子里正在孕育一个新生命。对女人而言，这是无可取代的创作，相信当我成为母亲之后，将有更多新想法加入自己的文字当中。我希望自己不断超前迈进。

能够以自己的话语撰写这本书，多亏葛西薰先生的鼓励，在日本，他是我最尊敬的人。感谢他，这本书才能够拥有气息，和大家相遇。保守却是真实体验的文字，都化为宝物。

衷心感谢葛西先生的细心和设计。

此外，也感谢设计师增田丰。

谢谢统筹归纳本书内容的川口美保小姐。我们都经历了搬家和结婚，着实想念聊天谈心的时间。

衷心感谢川口小姐。每次开会讨论，我的想法都有所改变，编辑仍耐心应对，将我的想法以最贴近我心的形式忠实呈现。

此外，不同凡响却有些羞于见人的书名，谢谢文案写手林裕先生。我和他的深厚交情从博报堂时代持续至今。

再者，向我寻求“技术”而愿意出书的Sunmark出版的武田伊智朗先生、桑岛晓子小姐，谢谢两位耐心等候对出书踌躇不前的我，总是笑颜面对任何停滞或延迟。谢谢两位不断鞭策我，令我重新注意到许多事物。

最后感谢各位读者。

谢谢各位陪我阅读这些琐事累积而成的故事。

如果能够为各位提供感动内心的事物，则甚幸。

希望各位读者在书中找到“良缘”。

希望各位都能放手一搏，充实度过明天。

森本千绘

森本千绘 CHIE MORIMOTO | 创立goen°，沟通总监、艺术总监、画家、旅行家。1976年4月26日生于日本青森县三泽市，成长于东京都。武藏野美术大学毕业后，先后任职于博报堂、博报堂Creative Vox 。2007年独立创业，创立goen°，昭示“发明相遇，化梦想为真实，串联人类”。制作三得利咖啡“BOSS Silky Black”电视广告、NHK晨间连续剧《幸福铁板烧》片头影像，又与三越伊势丹集团共同主办“母亲节‘goen° plant planet’”活动；设计松任谷由实的演唱会和专辑，担任Mr. Children的专辑设计和广告艺术总监。曾获得纽约ADC奖、东京ADC奖、ONE SHOW金牌奖、亚太广告节金牌奖、ACC CM FESTIVAL五十周年特别奖“最佳艺术监制奖”、2011年“日经WOMAN”年度女性银奖，获奖甚多。她在第四届“伊丹十三奖”中创下最年轻得奖者纪录，也是首位获得此奖项的女性（历届获奖人有糸井重里、塔摩利等）。ADC、JAGDA、TDC会员。武藏野美术大学客座教授。著作有《咏唱作品集》（诚文堂新光社）、《故事之叶》（讲谈社）等。

森本千絵もりもと・ちえ | goen°主宰、コミュニケーションディレクター、アートディレクター、絵人・旅人。一九七六年四月二十六日 青森県三沢市生まれ、東京都育ち。武蔵野美術大学を卒業後、博報堂から博報堂クリエイティブ・ヴォックスを経て二〇〇七年に「出逢いを発明する。夢をカタチにし、人をつなげていく。」を掲げgoen°主宰として独立。サントリーコーヒー「ボス シルキーブラック」のテレビコマーシャルやＮＨＫ朝の連続テレビ小説「てっぱん」のオープニング映像、三越伊勢丹グループとの母の日キャンペーン「goen° plant planet」の制作を手がける。松任谷由実のコンサートやCDのアートデザイン、Mr.ChildrenのCDデザインや広告のアートディレクションも担当。ニューヨーク・ADC賞、東京ADC賞、ONE SHOWゴールド、アジア太平洋広告祭ゴールド、50th ACC CM FESTIVAL特別賞「ベストアートディレクション賞」、二〇一一年日経ＷＯＭＡＮウーマン・オブ・ザ・イヤー準大賞、他多数受賞。第四回伊丹十三賞（過去に糸井重里、タモリなどが受賞）を女性初、最年少で受賞。ADC、JAGDA、TDC会員。武蔵野美術大学客員教授。著書に『うたう作品集』（誠文堂新光社）、『おはなしのは』（講談社）などがある。

译者简介

蔡青雯，辅仁大学翻译学研究所日文口笔译组硕士、日本庆应义塾大学美学美术史系学士，专事中日笔译、口译工作。代表译作有《鲸鱼在喷水》《制作文字的工作》《朱红的记忆——龟仓雄策传》《改变日本生活的男人：花森安治传》。

出 品 方　三度文化

策划编辑　郑子维

文字编辑　林雨柔

书籍设计　TEN BUTTONS

印制统筹　牛光辉